남과 같이 해서는 남 이상 될 수 없다

한상현은…

서울에서 태어나
현재 기업체 특강 및 비즈니스를 위한 집필에 전념하고 있으며
삶의 철학에 대한 깊은 관심을 가지고 틈틈이 창작활동을 하고 있다.
저서로는 〈마음과 마음을 이어주는 소중한 이야기〉, 〈멈춰진 시간 속에〉,
〈소중한 그 누군가와 함께〉, 〈현자들의 철학우화〉 등 다수가 있다.

남과 같이 해서는 남 이상 될 수 없다

글 | 앤드류 토우니 外
구성 | 한상현

펴낸이 | 최병섭
펴낸곳 | 이가출판사

초판 6쇄 발행 | 2008년 6월 10일

출판등록 | 1987년 11월 23일 (제1-547호)
주　　소 | 서울시 마포구 신수동 448-6
대표전화 | 716-3767
팩시밀리 | 716-3768
값 8,500원

잘못된 책은 바꿔드립니다.

ISBN | 897547-074-1 03810

남과 같이 해서는 남 이상 될 수 없다

글 | 앤드류 토우니 外

이가출판사

머릿말

겨울이 따뜻한 해는 다음 봄에 아름다운 꽃이 피지 않습니다. 겨울이 추운 해일수록 봄에 피는 꽃이 아름답습니다.
비닐 하우스에서 키운 과일은 크고 모양새가 좋고 거칠고 험한 자연 환경 속에서 자란 과일은 작고 못생긴 것이 많습니다. 하지만 그 맛과 영양분은 비교할 수가 없습니다.

순풍에 돛을 단 듯한 인생에는 비극이 없습니다. 그러나 인생에 실패와 비극이 없는 사람은 성공에서 가장 먼 곳에 있는 사람입니다.
앞길이 험난한 사람은 성공과 가장 가까운 거리에 있습니다. 지금까지 문제의 연속인 삶을 살아온 사람이라면 성공에 이르는 최단 거리를 걸어온 것입니다.

성공하는 사람과 보통 사람 사이에는 아주 작은 차이밖에 없습니다. 성공하는 사람은 보통 사람보다 불과 1할 정도

더 열심히 노력할 뿐입니다. 보통 사람이 열 번 하는 일을 성공하는 사람은 열한 번 하는 것입니다. 그 한 번의 차이가 쌓이고 쌓여서 언젠가 성공하는 사람과 그렇지 못한 사람으로 나뉘어 나타나는 것입니다.

한 번은 성공의 신에게 보내는 팁이라고 생각하고 아까워하지 마십시오.

삶은 때로는 낯설고 고통스럽지만 '마음을 바꾸면 인생도 달라진다'는 평범한 진리를 깨닫게 될 것입니다. 그리고 당신이 가졌던, 아직도 당신 가슴속에서 작은 불씨로 남아 있는 그 꿈을 다시 꺼내어 활활 타오르도록 만들기를 바랍니다.

당신의 삶은 바로 당신의 것이기 때문입니다.

c·o·n·t·e·n·t·s

c·o·n·t·e·n·t·s

꼭 이루고 싶은 소망이 있다면
목표를 향해 지금 행동으로 옮기십시오
오늘이 지나면 간절하게 소망하던 일이
한순간의 공상으로 끝날지도 모릅니다.

1

오늘이 지나면 내일이 다시 오지 않을지도 모릅니다

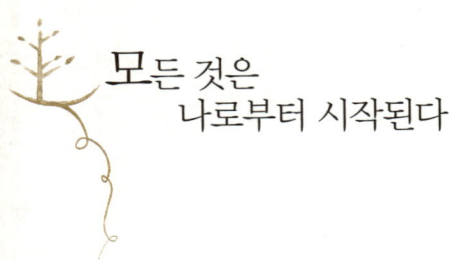

모든 것은
나로부터 시작된다

모든 것은 나로부터 시작된다 그리고 모든 것은 내 안의 문제이다

내가 젊고 자유로워서 상상력에 한계가 없을 때

나는 세상을 변화시키겠다는 꿈을 가졌었다 ·

좀더 나이가 들고 지혜를 얻었을 때

나는 세상이 변하지 않으리라는 것을 알았다

그래서 내 시야를 약간 좁혀

내가 살고 있는 나라를 변화시키겠다고 결심했다

그러나 그것 역시 불가능한 일이었다

황혼의 나이가 되었을 때

나는 마지막 시도로

나와 가장 가까운 내 가족을 변화시키겠다고

마음을 정했다

12

그러나 아무도 달라지지 않았다.

이제 죽음을 맞이하기 위해 자리에 누운 나는 문득
깨닫는다
만약 내가 내 자신을 먼저 변화시켰더라면
그것을 보고 내 가족이 변화되었을 것을
또한 그것에 용기를 얻어
내 나라를 더 좋은 곳으로 바꿀 수 있었을 것을
그리고 누가 아는가
세상까지도 변화되었을지!

모든 것은 나로부터 시작된다
그리고 모든 것은 내 안의 문제이다.

−웨스트민스터 대성당에 적힌 글

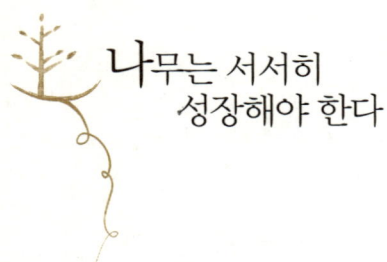

나무는 서서히 성장해야 한다

아름다운 정원을 갖고자 하는 이는 허리를 굽혀서 땅을 파야만 한다

어떤 사람이 작은 나무를 심었는데
나무가 자라지 않자 빨리 자라게 하려고
나무에 도르래를 설치했다.

그가 힘을 가하자
이제 막 흙 속에 자리를 잡고
나무에 영양분을 공급했던 뿌리가 뽑혀 올라와
나무는 시들어 죽고 말았다.

나무는 서서히 성장해야 한다
모든 것은 한 그루 나무와 같다
크건 작건 꽃들이 여기저기 피어있는

아름다운 정원을 갖고자 하는 이는
허리를 굽혀서 땅을 파야만 한다.

소망만으로 얻을 수 있는 것은
이 세상에서 극히 적은 까닭에
우리가 원하는 가치 있는 것은
무엇이건 일함으로써 얻어야 한다.

당신이 어떤 것을 추구하는가 하는 것은 문제가 아니다
그것은 비밀이 여기 쉬고 있기에
당신은 끊임없이 흙을 파야 한다
결실이나 아름다운 장미를 얻기 위해서.

−에드가 게스트

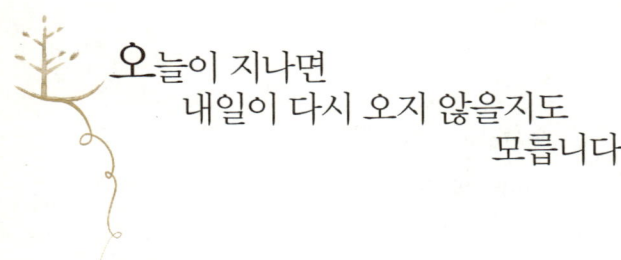

오늘이 지나면
내일이 다시 오지 않을지도
모릅니다

꼭 이루고 싶은 소망이 있다면 목표를 향해 지금 행동으로 옮기십시오

차일피일 미뤄두었던 일이 있으면 지금 시작하십시오
오늘이 지나면 그 일을 시작할 기회가 없을지도 모릅니다.

사랑을 고백하고 싶은 사람이 있으면 지금 고백하십시오
오늘이 지나면 그 사랑을 다시 만날 수 없을지도 모릅니다.

소식을 전하고 싶은 친구가 있으면 지금 편지를 쓰십시오
오늘이 지나면 친구가 아주 멀리 떠날지도 모릅니다.

잘못한 일이 있으면 지금 용서를 구하십시오
오늘이 지나면 영원히 용서받을 수 없을지도 모릅니다.

은혜를 받은 일이 있으면
다른 이에게 지금 은혜를 베푸십시오
오늘이 지나면
은혜를 베풀 수 있는 힘이 없을지도 모릅니다.

꼭 이루고 싶은 소망이 있다면
목표를 향해 지금 행동으로 옮기십시오
오늘이 지나면 간절하게 소망하던 일이
한순간의 공상으로 끝날지도 모릅니다.

지금 머뭇거리고 있나요?
미뤄두었던 일이 있다면
사랑하는 사람이 있다면
소식을 전하고 싶은 친구가 있다면
잘못한 일이 있다면
소망이 있다면 지금 시작하십시오
오늘이 지나면
내일이 다시 오지 않을지도 모릅니다.

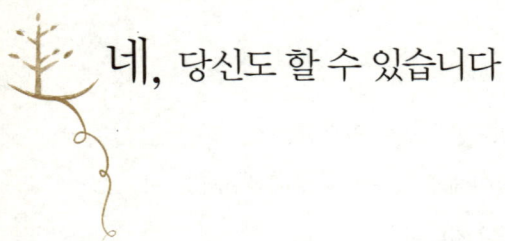

네, 당신도 할 수 있습니다

당신이 무슨 일이든 할 수 있다고 믿는 것은
무슨 일이든 이룰 수 있다는 증거입니다

아주 좁고 험한 산길 입구 모퉁이에
'네, 당신도 할 수 있습니다' 라는 푯말이 서 있습니다
그 길은 너무 좁아서
운전자들은 모두 차를 멈추고
무사히 빠져나갈 수 있을지 망설이고 있습니다
잠시 후 그들은
그 길을 통과할 수 있다는 것
그래야만 목적지에 도달할 수 있다는
사실을 믿으며 노력합니다.

지금 당신이 하는 일을 믿으십시오
그 일을 수행하는 당신의 능력을 믿으십시오

18

이처럼 스스로를 믿는 것은
어떤 확신을 갖는다는 것이고
또 당신이 무슨 일이든 할 수 있다고 믿는 것은
무슨 일이든 이룰 수 있다는 증거입니다.

산모퉁이의
'네, 당신도 할 수 있습니다' 라는 푯말은
바로 당신의 것이어야 합니다.

–P. 마이어

내가 짊어진 삶의 무게

백담 계곡에 배낭을 벗고 앉아 쉬고 있었다.

"아저씨, 그 배낭 제가 메고 가면 안 될까요?"

바짝 마른 사내가 나를 보자 대뜸 말을 걸어왔다.

"짐이 없으니 안정감이 없어서 못 걷겠는걸요!"

나는 농담같은 그의 호의를 사양하고는 다시 걷기 시작했
다. 산장앞 나무 의자에 앉아서 내가 걸어오고 있는 모습
을 바라보던 머리가 희끗희끗한 노인 한 분이 인사삼아 내
게 말을 건네왔다.

"짐을 보아하니 세상을 사실 줄 아는 분 같구려."

나무 의자에 나를 짓눌러온 배낭을 내려놓으며 물었다.

"무슨 말씀이신지…"

"짐 없이 세상을 살아가려는 이들이 있어서… 세상을 살아보면 말이지요, 제 한 몸으로 사는 게 아니라 짊어진 삶의 무게로 살고 있음을 느낄 때가 가끔은 있지요. 산도 마찬가지라우. 짊어진 짐의 무게가 있어야 넘기가 쉽다우."

노인은 알아듣기 어려운 말을 남긴 채 어두운 숲길을 배낭을 메고 홀연히 떠났다.

산장에 들어 자리를 펴는데 후둑후둑 빗방울 떨어지는 소리가 들려왔다.

뜨락에 나와 노인이 걷고 있을 비선대쪽을 바라보았다. 물소리와 나뭇잎에 떨어지는 빗방울 소리 뿐 아무런 인기척도 없었다.

갑자기 수렴동 대피소에서 만났던 바짝 마른 사내가 떠올랐다. 짐이 없어서 걷기가 힘들다던….

그도 무거운 짐을 지고 인생을 살아온 버릇이 있는 게 분명했다.

2박 3일치의 무거운 배낭을 다시 한번 들어보며 이 무게가 나를 여기까지 이끌고 온 것 같음을 느낀다.

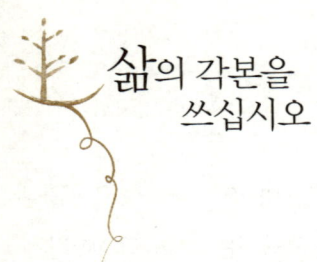

삶의 각본을
쓰십시오

오늘은 바로 당신이 당신의 삶을 완성시킬 수 있는 적절한 시점입니다

당신 삶의 각본은

아직도 씌어지고 있는 중입니다

당신이 바로

그 각본의 지은이입니다

그러니 당신이 원하는 대로 쓰십시오

물론 여러 가지 도전이 있겠지요

그러나 극복할 어려움이 없다면

어떻게 위대해질 수 있겠습니까?

지금 이 순간 당신이 자신의 사망기사를 쓰고 있다고

생각해보십시오

당신은 자기 일생의 과업에 대해 만족하십니까?

22

만약 만족하지 않는다면

당신의 삶이 아직도
완성되지 않았음을 기억하십시오
오늘은 바로 당신이 당신의 삶을 완성시킬 수 있는
적절한 시점입니다.

다시 시작하십시오
당신은 최선의 당신이 될 수 있는 힘을
아직 가지고 있습니다
잘못이란 지워질 수 있습니다.

늘 기억하십시오
지금도 결코 늦지 않았다는 것을
당신의 맥박을 짚어 보십시오
당신은 아직도 살아 있지 않습니까
당신 앞에 놓인 도전에 대해
하느님께 감사하십시오
그리고 좀더 나은 미래를 위해 전진하십시오.

—M. 메리 마고

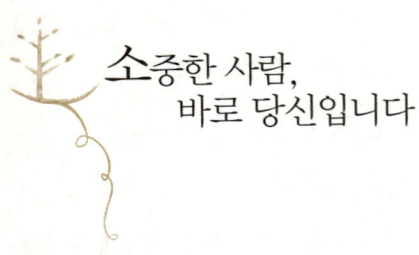

소중한 사람,
바로 당신입니다

남을 먼저 생각하고 배려하는 당신
세상에서 가장 소중한 사람, 바로 당신입니다

길 지나는 이름 모를 사람들의 출근길을 위해
언제나 새벽에 집 앞길을 청소하는 당신
세상에서 가장 아름다운 사람, 당신입니다.

가족의 따뜻한 잠자리를 위해
이른 새벽에 홀로 일어나 군불을 지펴주던 당신
세상에서 가장 따스한 사람, 당신입니다.

자식들의 뒤에서 아버지의 뒤에서
늘 묵묵히 소리 없이 챙겨주시던 당신
세상에서 가장 빛나는 사람, 당신입니다.

집안에 있는 작은 그릇 하나, 다 떨어진 양말 한 짝도
귀하게 여기고 아끼는 당신
세상에서 가장 고귀한 사람, 당신입니다.

사랑하는 사람의 평화를 위해
늘 기도하며 고운 웃음 짓던 당신
세상에서 가장 순결한 사람, 당신입니다.

슬픔에 빠졌거나 실패했을 때
외로움에 떨릴 때
가난함으로 경직될 때에도
언제나 넉넉한 가슴으로 안아주는 당신
세상에서 가장 푸근한 사람, 당신입니다.

언제나 어디서나 당신 자신보다 베풂과 섬김으로
남을 먼저 생각하고 배려하는 당신
세상에서 가장 소중한 사람, 바로 당신입니다.

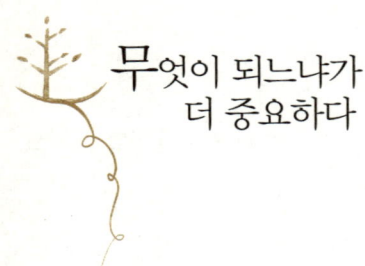

무엇이 되느냐가
더 중요하다

좋은 나무가 되면 좋은 열매는 따라서 저절로 맺게 되는 법이다

무엇을 하느냐보다 무엇이 되느냐가 더 중요하다.

먼저 좋은 나무가 되면
좋은 열매는 따라서 저절로 맺게 되는 법이다
그러나 세상 사람들은 좋은 열매만 많이 따려는 것처럼
위대한 사람이 되려고만 애쓰지
먼저 좋은 나무가 되려고 하지 않는다.

하는 것보다 되는 것이 더 중요한 것이다
우리의 인격과 사람됨이 바르면
말을 잘하던 못하던 남에게 감동을 주게 된다
우리는 겉에 나타나는 말이나 행동보다도

우리 속에 있는 생각과 마음먹는 것이 항상 진실하고
겸손하고 죄악을 멀리하도록 힘써야 한다.

위대한 업적을 남기고
위대한 일을 많이 하기에 앞서
됨직한 사람이 되기에 힘써야 한다.

무엇을 하느냐가 중요한 것이 아니라
어떤 사람이 되느냐가 더 중요한 것이다.

자부심을 갖고
머리를 높이 세우자

무엇인가를 열심히 생각하는 일은 확실히 멋진 일이다

밖으로 나갈 때는 언제나
얼굴을 바로 하고 고개를 높이 들어
가슴 깊이 상쾌한 공기를 들이마시자.

그리고 햇볕을 마음껏 즐기자.

친구들을 만날 때는 웃는 낯으로 대하고
악수를 할 때에는 한결같이 정성을 다하도록 하자.

오해받을 것을 두려워하지 말고
남의 눈을 의식하는 일로 시간을 낭비하지 말자.

마음속으로 하고 싶은 일을 확실하게 정했다면
주저하지 말고 목표를 향하여 전력 질주하자.

크고 멋들어진 목표를 생각하면서
늘 그것에 집착하고 있으면
머지않아 염원하는 그 목적을 달성하는 데
필요한 기회가
반드시 손안에 들어오게 된다
마치 끊임없이 흐르는 바닷물 속에 잠긴 산호초가
아무도 모르게
영양분을 섭취하는 것과 마찬가지로 말이다.

마음속으로 자신이 생각하는
이상적인 인물을 계속해서 떠올린다면
자기 자신도 차츰 차츰 그와 같은 인물에
가까워져 갈 것이다.

무엇인가를 열심히 생각하는 일은 확실히 멋진 일이다.

우리는
올바른 정신 상태를 늘 유지해야 한다
올바른 정신 상태는 훌륭한 결과를 낳게 한다.

이 세상 모든 것은 바라는 염원이 있었기에
생겨난 것들이다
진정한 마음으로 갈망하는 것은 반드시 이루어진다
사람은 마음먹은 대로의 인물로 발전하는 것이다.

자, 자부심을 갖고 머리를 높이 세우자.

그러면 우리는 한 발짝 한 발짝
신에게 가까이 다가서게 될 것이다.

−앨버트 허버트

나의 신조

인생에 있어서의 우리의 목적은 당신과 자신을 돕는 것이다

제일 깊은 바다속, 제일 높은 산, 제일 힘센 동물은
믿을 수가 없다
오로지 사람만이 믿을 수 있다
사람의 성공 높이는 자기의 믿음의 깊이로 결정된다.

인간은 뿌린대로 거둔다는 불변의 우주법칙을
나는 믿는다
기회는 책임을 가져온다
실패는 가장 좋은 교사이다
그리고 공정한 경기는 누가 옳은가보다
무엇이 옳은가를 추구한다.

성실한 노동으로 흘러내린 이마의 땀은
인생의 가장 영광스런 모습으로
동료에게 일의 존엄성과 가치를 보여주는 것은
자신의 지위와 가치를 증가시키는 것이며
만족은 온몸으로 기울인 노력에서 온다.

성실과 충성심으로 결합된 자기 인정과 개인적 성장은
인간에게 성공과 행복에 필요한
내적인 평화와 힘을 주며
성실과 신앙 그리고 인격은
더할 나위 없는 위대함의 기초이다.

"내가 행하는 것은 너희도 할 수 있다"고 하신
예수 그리스도의 말씀을 나는 믿는다
인간은 신의 모습 속에서 창조되었으며
성취를 위해 설계되었고
성공을 위해 만들어졌으며

위대하게 될 소질을 갖고 있다는 사실을 나는 믿는다

이런 사실을 믿는다면
인간은 그 누구도 경멸하지 말아야 한다.

산다는 것은 사랑하는 것이며
사랑하는 것은 돕는 것이며
돕는 것은 조력과 구걸의 차이를 이해하는 것이라는
사실을 나는 믿는다.

다른 사람이 소망하는 것을 얻도록 충분히 도움을 주면
우리가 인생을 통하여 얻고 싶은 모든 것을 얻을 수 있다
우리는 믿고 사랑하기 때문에
인생에 있어서의 우리의 목적은
당신과 자신을 돕는 것이다.

-지그 지글러

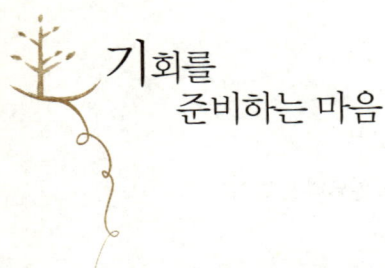

기회를
준비하는 마음

기회를 커피라 한다면 당신은 기회를 기다리는 컵입니다

좋은 커피숍의 커피는 오랫동안 마시고 있어도
좀처럼 식지 않습니다
커피가 특별해서가 아니라
커피잔을 미리 따뜻하게 데워 놓았기 때문입니다
컵이 차가울 때는 아무리 뜨거운 커피를 붓더라도
금방 식어버립니다.

기회를 커피라 한다면
당신은 기회를 기다리는 컵입니다
애써 붙잡은 기회를 금세 식지 않게 하려면
먼저 자신의 몸과 마음을
따뜻하게 데워 놓을 필요가 있습니다

아무리 뜨겁고 맛있는 커피라 하더라도

잔이 식어 있는 상태라면

금방 제맛을 잃어버리게 될 것입니다.

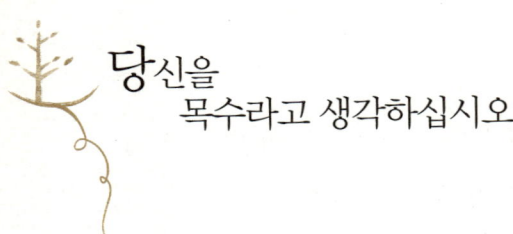

당신을
목수라고 생각하십시오

당신의 집을 짓는다고 생각하십시오
그리고 지혜롭게 당신의 집을 지으십시오

혹시 지금 이 순간에 최선을 다하기보다는
마지못해 하는 척하지는 않습니까?
중요한 순간에 최선을 다하고는 있습니까?

우리는 지금
우리가 손수 지은 집에서 살고 있는 셈입니다
우리가 살집을 손수 짓는다는 것을 미리 알았더라면
우리는 전혀 다른 자세로 일에 매달렸을 것입니다.

당신을 목수라고 생각하십시오
당신의 집을 짓는다고 생각하십시오
그리고 지혜롭게 당신의 집을 지으십시오.

당신의 인생은 당신이 짓고 있는 것입니다
단 하루 살고 말 집이라도
그 집에서의 삶은 지나온 과거와
순간순간 선택의 결과입니다
또한 당신 미래의 삶은
당신이 오늘 취하는 태도와
오늘 결정하는 선택의 결과입니다.

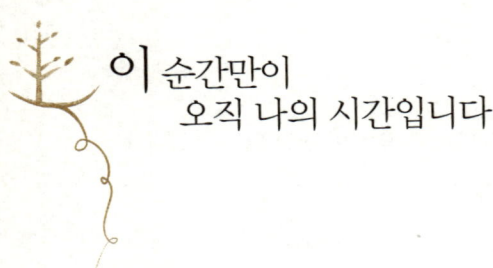

이 순간만이 오직 나의 시간입니다

다른 사람의 시간이 결코 나의 시간일 수 없습니다

어느 길모퉁이에 뛰어나가 손을 내밀고
지나가는 사람들에게 구걸을 해보십시오
"제발 적선해 주십시오
나에게 당신의 시간을 15분만 나누어주십시오. 제발!"

아! 나에게 약간의 시간만을
내가 지금 하고 있는 일을 모두 마칠 수 있게
제발 약간의 시간만을…
그리고 난 이후에는 죽음이 찾아와도 좋으련만.

하지만 다른 사람의 시간이
결코 나의 시간일 수 없습니다
지금 이 순간만이 오직 나의 시간입니다.

-N. 카잔카스키

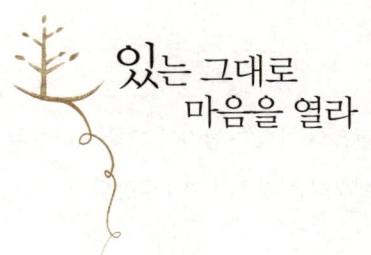

있는 그대로
마음을 열라

있는 그대로를 수용하고 만족한다면
따뜻하고 평화로운 감정이 찾아들기 시작할 것이다

있는 그대로 마음을 열라.

마음을 혼란시키는 내적 갈등의 대부분은
인생을 통제하고자 하는 욕망과
지금과는 다른 식으로 변해야 한다는 생각에서
비롯된다
하지만 인생이 항상 자신이 원하는 방향으로
흘러가는 것은 아니다
실제로 그러한 경우는 무척 드문 게 현실이다.

인생이 어떠해야 한다고 미리 결정하는 그 순간부터
새로운 것을 즐기고 배울 수 있는 기회와는
점점 멀어진다

게다가 위대한 깨달음의 기회가 될지도 모르는 현실의
순간을 소중하게 생각하는 것조차 가로막는다.

자신이 대범한 인간임을 과시하기 위해
불평과 반대 혹은 실패를 즐기는 척하라는 것이 아니다
삶이 계획대로 되지 않는 것에 절망하지 않기 위해서
그렇게 하라는 것이다.

일상 생활의 어려움 속에서
마음을 여는 법을 터득한 사람에게는
자신을 괴롭혔던 많은 문제들이
더 이상 골치 아픈 존재가 아닌 것이다.

마음의 눈이 더욱 깊고 투명해진다
인생은 전투가 될 수도
혹은 자신이 공이 되어 탁구시합을 하게 될 수도 있다
하지만 순간에 충실하고
있는 그대로를 수용하고 만족한다면

따뜻하고 평화로운 감정이 찾아들기 시작할 것이다.

자신의 앞을 가로막는 사소한 문제들에
이러한 생각을 적용해보라
그리고 이러한 인식을
좀더 중요한 일들에까지 점점 넓혀나가라
이것은 삶이라는 높고 험난한 산을 오르는데
실로 강력한 힘이 되어 준다.

-리차드 칼슨

매력있는 당신

고서점의 책장이든 사람이든 지나치게 깔끔하면 운치가 없는 법입니다

고서점이 재미있는 것은 정리되어 있는 듯하면서
정리되어 있지 않은 까닭입니다
생각지도 않았던 곳에
주위와 전혀 관계없는 책이 끼여 있곤 합니다.

당신의 매력도 마찬가지입니다
어느 날 갑자기
당신답지 않은 실수를 하게 될 때
사람들은 당신에게서 인간적인 매력을 느낍니다
고서점의 책장이든 사람이든 지나치게 깔끔하면
운치가 없는 법입니다
가끔씩 멋쩍은 실수도 하면서

매력있는 인생의 책장을 넘기십시오.

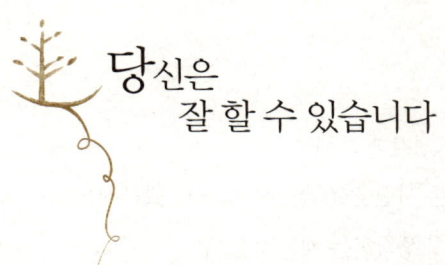

당신은
잘 할 수 있습니다

그냥 그런 상태일수록 그런 아픈 마음이 많을수록
하늘을 보고 웃어보세요

사는 것이 힘이 들 때가 있습니다
어쩌면……!

나 혼자 이런 시련을 당하고 있는지 모른다 라는
생각을 하게 될 때도 있습니다
그러나 잠시 뒤를 돌아본다면
우리는 참 많은 시련을 잘 이겨내어 왔답니다.

처음 우리가 세상을 볼 때를 기억하나요
아마 아무도 기억하는 이는 없을 겁니다
그러나 우리는 그렇게 큰 고통을 이기고
세상에 힘차게 나왔습니다.

한 번 다시 생각해 보세요
얼마나 많은 시련을 지금까지 잘 견뎌 왔는지요
지금 당신이 생각하는 것도
시간이 지나면 웃으며
그때는 그랬지 라는 말이 나올 겁니다.

가슴에 저마다 담아둔 많은 사연과 아픔들
그리고 어딘가에서 수없이 많은 사람들이
함께 시련을 이겨내고 있을지도 모릅니다.

지금 당장 어떻게 하느냐에 따라서 당신이 가진
시련이 달라지거나 변화되는 것은 아닙니다
그냥 그런 상태일수록
그런 아픈 마음이 많을수록
하늘을 보고 웃어보세요.

그렇게 웃으며 차근히 하나씩
그 매듭을 풀어보세요

언제 그 많은 매듭을 다 풀지 라고 생각을 한다면
더 답답할 것입니다
생각을 너무 앞질러 하지 마세요.

다만 앉은 채로 하나씩 풀어보는 겁니다
그렇게 문제와 당당히 마주 앉아 풀어보면 언젠가는
신기하게도 그 매듭이 다 풀려져 있을 겁니다.

그리고 시간이 지난 후 풀벌레 소리와
시원한 큰 나무 밑에서 편안하게 쉬며 웃고 있을
당신의 모습을 발견하게 될 것입니다.

당신은 잘 할 수 있습니다.

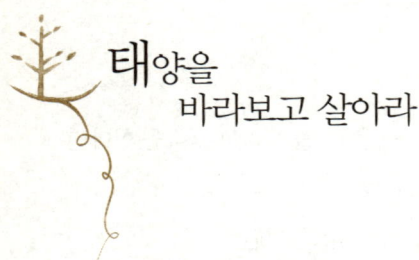

태양을 바라보고 살아라

세상에서 가장 아름답고 소중한 것은 단지 가슴으로만 느낄 수 있다

태양을 바라보고 살아라
그대의 그림자를 못 보리라.

고개를 숙이지 마라
머리를 언제나 높이 두라
세상을 똑바로 정면으로 바라보라.

나는 눈과 귀와 혀를 빼앗겼지만
내 영혼을 잃지 않았기에
그 모든 것을 가진 것이나 마찬가지이다.

고통의 뒷맛이 없으면 진정한 쾌락은 거의 없다

불구자라 할지라도 노력하면 된다
아름다움은 내부의 생명으로부터 나오는 빛이다.

그대가 정말 불행할 때
세상에서 그대가 해야 할 일이 있다는 것을 믿어라
그대가 다른 사람의 고통을 덜어줄 수 있는 한
삶은 헛되지 않으리라.

세상에서 가장 아름답고 소중한 것은
보여지거나 만져지지 않는다
단지 가슴으로만 느낄 수 있다.

-헬렌켈러

삶과 죽음

변화를 거부하는 자, 그는 죽은 자이다

말보다 행동으로 인생에 도전하라
일에는 분명하고 효과적인 목적이 따라야 한다
잘못을 무서워해서는 안 된다.

노력을 그만두는 것은 치명적인 잘못이다
경험을 하지 않으면 안 된다.

자신을 의욕있게 만들고 방향을 정하고
그리고 스스로가 행동하는 것이다
행동에는 말보다 큰 힘이 있다.

인생에 참가해야 한다

괴로운 노력을 기꺼이 맡아서
기회의 도래에 대비해야 한다.

사람의 평가는 출발점에서 내려지는 것이 아니라
마지막에 무엇을 성취했느냐에 따라서
내려지는 것이다.

변화를 거부하는 자, 그는 죽은 자이다
성장하려고 하지 않는 자, 그는 죽은 자이다.

삶과 죽음, 당신은 어느 쪽을 택할 것인가!

- 조지 쉰

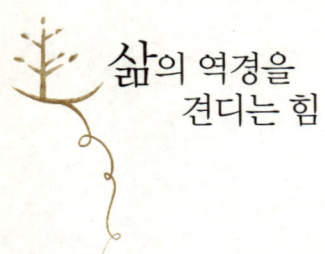

삶의 역경을 견디는 힘

인간에게 있어서 가장 중요한 것은 어떻게 살아가느냐 하는 것이다

인간은
가치와 의미를 추구하고 실현하는 존재이다
인간은 의미 추구의 존재이다.

인간의 가치에는
창조 가치
체험 가치
태도 가치의 세 가지가 있다
그 중에서 가장 중요한 것은 태도 가치이다
인간은 어떤 환경에도 적응할 수 있다.

인간은 의식과 자유와 책임의 주체이다
인간은 견딜 수 없고
변화시킬 수 없는 절망적 운명에 직면하더라도
그 상황에 대해서 어떤 태도를 취할 수 있고
그가 취하는 태도에 따라서
어떤 가치를 실현할 수 있다.

인간은 절망적 상황 속에서도
의연한 자세로 의미 있는 태도를 취할 수 있고
의미있는 행동을 할 수 있다.

자유와 책임의 주체인
인간에게 있어서 가장 중요한 것은
인생에 대하여
어떤 태도를 취하고
어떻게 살아가느냐 하는 것이다.

–빅토르 프랭클

만약 그대가

그대의 소유물을 한꺼번에 잃었다고 하더라도
처음부터 다시 삶을 시작할 수 있어야 합니다

만약 그대 주위의 모든 사람들이
그들의 것을 잃어버리고
그대에게 한탄한다고 하더라도
오직 그대만은 침착해야 합니다.

만약 그대가 무엇을 기다린다면
그 기다림으로 인해 마음이 지치지 않을 수 있어야 하며
주위 사람들에게 속임을 당하더라도
그대는 결코 남을 속이지 말아야 합니다
또 미움을 받고도 굴복당하지 말고
그러면서도 지나치게 선한 척하지 말고
너무 현명한 척도 하지 말아야 합니다.

만약 그대가 꿈을 꾸더라도
그 꿈들을 그대의 주인으로 만들지 말아야 합니다
또 그대가 무엇을 생각하더라도
그 생각들을 그대의 목적으로
착각하지 말아야 합니다.

만약 그대가
승리와 패배를 하게 되더라도
그것들을 똑같이 다룰 수 있어야 합니다.

만약 그대의 일생을 공들여 바쳤던 일들이
순식간에 무너졌다 해도
결코 좌절하지 말고
낡은 도구를 사용하여
다시 세울 수 있어야 합니다.

만약 그대의 소유물을
한꺼번에 잃었다고 하더라도

처음부터 다시 삶을 시작할 수 있어야 합니다
그리고 그 잃어버린 것에 대해서는
단 한마디의 말도 하지 말아야 합니다.

만약 그대가 1분도 지체하지 않고
인생의 장거리 경주에서 최선을 다하여
자신의 능력을 충분히 발휘할 수 있다면
그때 이 세상은 그대의 것이 될 것입니다.

–루드야드 키플링

성공을 위한 지침

하겠다고 말한 것은 하십시오   시작한 것은 끝내십시오

약속한 시각에 당신의 얼굴을 보이십시오

하겠다고 말한 것은 하십시오

시작한 것은 끝내십시오

미안합니다와 고맙습니다 라는 말은

빠뜨리지 마십시오.

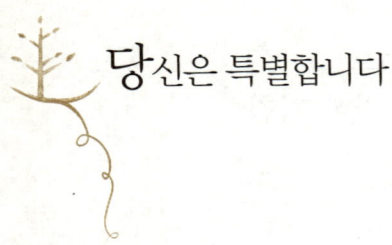

당신은 특별합니다

당신은 당신만의 아름다움을 지니고 있습니다
당신은 당신이기에 특별한 것입니다

당신은 아름답습니다
당신은 당신만의 아름다움을 지니고 있습니다
당신은 당신이기에 특별한 것입니다.

착한 마음과 사랑은
아주 평범한 사람들을
지극히 매력적으로 만들어줍니다.

조금도 실망하지 마십시오
진정한 당신은 행복한 태도를 지니고
당신이 살아있음을 기뻐하는
그 같은 표현을 하고

그런 옷을 입고
그런 빛을 띠고 있는 것입니다.

자신의 고유한 아름다움을 인정하십시오
그리고 자신에게 말하십시오
나는 아름답다
그러나 진지하게 그 말을 하십시오.

-M. 메리 마고

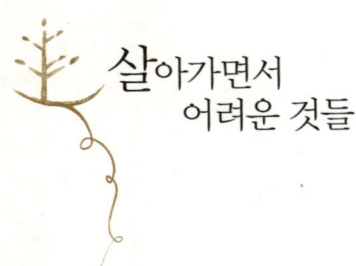

살아가면서
어려운 것들

이기적이지 않은 것이 어렵습니다 남에게 너그럽기가 어렵습니다

잊는 것이 어렵습니다

용서하는 것이 어렵습니다

사과하는 것이 어렵습니다

충고를 받아들이는 것이 어렵습니다

실수를 인정하는 것이 어렵습니다

이기적이지 않은 것이 어렵습니다

남에게 너그럽기가 어렵습니다

판에 박은 듯한 행동에서 벗어나기가 어렵습니다

하찮은 것을 최상의 것으로 만들기가 어렵습니다

잘못된 일로 책임지는 것이 어렵습니다

언제나 마음을 진정시키는 것이 어렵습니다

계속하는 것이 어렵습니다

생각을 먼저 하고 행동을 나중에 하는 것이 어렵습니다

그러나 이 어려운 것들을 이룰 수만 있다면

반드시 그 보상이 따릅니다.

비가 오지 않으면
무지개를 볼 수 없다

목표란 모호한 것이어서 목표가 있는 화살은 절대로 빗나가지 않습니다

날씨로 그날을 판단하지 마십시오
인생에서 가장 중요한 것은 물질이 아닙니다
진실로
기억할 것은 그리 많지 않습니다
부드럽게 말하고 화려한 셔츠를 입으십시오.

목표란 모호한 것이어서
목표가 있는 화살은 절대로 빗나가지 않습니다
장난감을 가장 많이 갖고 있는 사람이 죽는다 해도
죽는 건 죽는 것입니다
나이는 상대적이어서
언덕 정상을 오르고 나면 속도가 빨라집니다.

부자가 되는 길에는 두 가지가 있는 데
더 버는 것과 욕심을 덜 내는 것입니다
아름다움은 내면적인 것이고
외모와는 아무런 상관이 없습니다.

비가 오지 않으면 무지개를 볼 수 없습니다.

1초가 세상을 바꾼다

한평생 시계만을 만들어 온 사람이 있었다.

그리고 그는 늙어 있었다.

그는 자신의 일생에 마지막 작업으로 온 정성을 기울여

시계 하나를 만들었다.

자신의 경험을 쏟아 부은 눈부신 작업이었다.

그리고 그 완성된 시계를 아들에게 주었다.

아들이 시계를 받아보니 이상스러운 것이 있었다.

초침은 금으로, 분침은 은으로, 시침은 구리로 되어 있었다.

"아버지! 초침보다 시침이 금으로 되어야 하지 않을까요?"

아들의 질문은 당연한 것이었다.

그러나 아버지의 대답은 아들을 감동하게 하였다.

"초침이 없는 시간이 어디에 있겠느냐! 작은 것이 바로 되어 있어야 큰 것이 바로 가지 않겠느냐! 초침의 길이야말로 황금의 길이란다."

그리고 아버지는 아들의 손목에 시계를 걸어주면서 말했다.

"1초 1초를 아껴 살아라."

1초가 세상을 변화시킨다.

세상에는 살인이란 말이 있다.

그렇다면 살시(殺時)라는 말은 어떨까!

사람을 죽이는 것?

그것은 법적으로 다루는 일이지만

시간을 죽이는 일은

양심의 법으로 다루는 일이 될 것이다.

우리는 자주 이 양심을 외면한다.

작은 것을 소홀하게

작은 것은 아무렇게나 해도

상관없다는 것으로 생각할 때가 많다.

시계를 만드는 아버지의 말처럼

작은 것이 없는 큰 것은 존재하지도 않는다.

벽돌 하나도 10층 건물에서 소중한 역할을 하며

벼 한 포기가 식량의 중심이 되는 것이다.

작은 것을 사랑하지 않는 사람은

결국 큰길로 가는 길을 놓치고 마는 것이다.

1초가 세상을 변화시키는 이치만 알아도

아름다운 인생이 보인다.

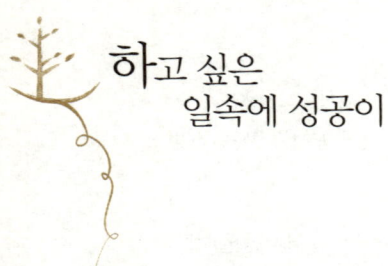

하고 싶은
일속에 성공이

하고 싶은 일 속에 바로 당신의 모습이 있는 것입니다

당신이 할 수 있는 일을 하는 것만으로는
성공하기 어렵습니다
성공은 하고 싶은 일을 할 때
비로소 이루어지는 것입니다.

당신은 두 가지의 재능을 가지고 있습니다
할 수 있는 일을 하는 재능과
하고 싶은 일을 하는 재능입니다
물론 누구나 할 수 있는 일을 하는 것이 편합니다
그리고 주변의 사람들도 그것을 권합니다
하지만 언제까지나 할 수 있는 일만 한다면

당신의 인생은 실패작입니다

그 까닭은

할 수 있는 일 속에는

당신의 진정한 모습이 보이지 않기 때문입니다

하고 싶은 일 속에

바로 당신의 모습이 있는 것입니다.

- 앤드류 토우니

위험에 부딪치기를 두려워말고
용기를 배울 수 있는 기회로 삼으십시오.

2

비가 오지 않으면 무지개를 볼 수 없다

이런 사람은
걱정하지 않습니다

작은 것에 만족할 줄 아는 사람은 걱정을 하지 않습니다
곧 행복한 이야기들을 만들어 낼테니까요

가슴에 꿈을 품고 있는 사람은 걱정하지 않습니다
지금은 비록 실패와 낙심으로 힘들어해도
곧 일어나 꿈을 향해 힘차게 달려 갈테니까요.

그 마음에 사랑이 있는 사람은 걱정하지 않습니다
지금은 비록 쓸쓸하고 외로워도 그 마음의 사랑으로
곧 많은 사람으로부터 사랑을 받게 될테니까요.

늘 얼굴이 밝고 웃음이 많은 사람은
걱정을 하지 않습니다
지금은 비록 가볍게 보여도 곧 그 웃음이
사람들에게 기쁨이 되어 그가

행복한 세상의 중심이 될테니까요.

작은 것에 만족할 줄 아는 사람은 걱정을 하지 않습니다
지금은 비록 어리석게 보여도 그 마음의 작은 기쁨들로
곧 행복한 이야기들을 만들어 낼테니까요. 🍃

실패의
진정한 의미

실패는 하느님이 당신을 버리셨음을 의미하지는 않습니다

실패는 당신이 실패자임을 의미하지는 않습니다
그것은 당신이 아직
성공하지 못했다는 것을 의미할 뿐입니다.

실패는 당신이 아무것도 이루지 못했다는 것을
의미하지는 않습니다
그것은 당신이 무언가를 배웠다는 것을 의미합니다.

실패는 당신의 위신이 손상된 것을
의미하지는 않습니다
그것은 당신이
커다란 시도를 하고자 한다는 것을 의미합니다.

실패는 당신이
소유하지 못한 것을 의미하지는 않습니다
그것은 당신이 다른 방법으로
무언가를 해야한다는 것을 의미합니다.

실패는 당신이 열등하다는 것을 의미하지는 않습니다
그것은 당신이 아직 완전하지 못함을 의미합니다.

실패는 당신이
생을 낭비했다는 것을 의미하지는 않습니다
그것은 당신이 새출발할 이유가 있음을 의미합니다.

실패는 당신이
결코 하지 못한다는 것을 의미하지는 않습니다
그것은 단지
약간의 시간이 더 걸린다는 것을 의미합니다.

실패는 하느님이 당신을 버리셨음을

의미하지는 않습니다
그것은 하느님께서 좀더 좋은
다른 생각이 있으심을 의미합니다.

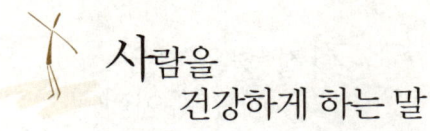

사람을
건강하게 하는 말

첫마음으로 살아가자 라는 말로 항상 새로워져라

미안해 라는 말로 마음을 넓고 깊게 하라

고마워 라는 말로 겸손한 인격의 탑을 쌓아라

사랑해 라는 말로 매일매일을 따스하게 하라

잘했어 라는 말로 스스로 제자리를 찾게 하라

내가 잘못했어 라는 말로 타인과 화해의 평화를 이루라

우리는 이라는 말로 하나되게 하라

친구여 라는 말로 우정을 키워라

네 생각은 어때 라는 말로 상대를 성장시켜라

첫마음으로 살아가자 라는 말로 항상 새로워져라

행복해 라는 말로 따뜻하게 힘을 주어라.

가장 좋은 것을
주어라

세상에서 가장 좋은 것을 주면 당신은 발길로 차일 것이다
그래도 가장 좋은 것을 주라

사람들은 불합리하고 비논리적이고 자기중심적이다
그래도 사랑하라.

당신이 선한 일을 하면
이기적인 동기에서 하는 거라고 비난받을 것이다
그래도 좋은 일을 하라.

당신이 성실하면
거짓된 친구들과 진짜 무서운 적을 만날 것이다
그래도 사랑하라.

당신이 정직하고 솔직하면 상처받을 것이다

그래도 정직하고 솔직하라.

당신이 여러 해 동안 만든 것이
하룻밤에 무너질지 모른다
그래도 만들라.

사람들은 도움이 필요하면서도 도와주면
공격할지 모른다
그래도 도와줘라.

세상에서 가장 좋은 것을 주면
당신은 발길로 차일 것이다
그래도 가진 것 중에서 가장 좋은 것을 주라.

– 마더 테레사

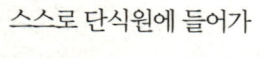

목적을
알고 가는 사람

목적을 알고 가는 삶, 그것이 바로 우리가 선택해야 할 삶입니다

인생은 장애물 경기라고 합니다
그러나 목적을 알고 가는 사람에게는
장애물의 의미가 달라질 것입니다.

돈이 없어 3일 굶은 사람은
자신의 비참한 현실에 세상이 미워질 것입니다
3일 굶으면 담 뛰어넘지 않을 사람이 없다고
얘기를 합니다.

반면에
스스로 단식원에 들어가
3일을 굶었다고 생각해 본다면

자신의 굶주림에 통곡하거나
슬퍼하지는 않을 것입니다.

무엇이 다를까요?
스스로 택한 단식과
가난으로 인한 굶주림에는
목적이 있는 것과 없는 것의 차이가 있습니다.

비록 장애가 있더라도
목적을 알고 가는 삶,
그것이 바로 우리가 선택해야 할 삶입니다.

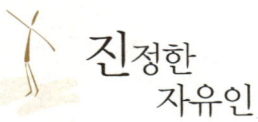

진정한
자유인

인생에서의 가장 큰 재난은 아무런 위험이 없다는 데 있습니다

웃으면 너무 바보처럼 보일 위험이 있습니다
울면 너무 감상적으로 보일 위험이 있습니다
누군가에게 도움을 청하면
내 인생에 그 사람을 개입시킬 위험이 있습니다
지나치게 감정을 노출하면
당신의 진심을 드러내보일 위험이 있습니다
많은 사람들에게 당신의 꿈을 말하면
그것을 도둑맞을 위험이 있습니다.

사랑을 하면 그에 상응하는
사랑을 받지 못할 위험이 있습니다
살면 죽을 위험이 있습니다

희망을 품으면 실패할 위험이 있습니다.

그러나 위험은 감수해야 합니다
인생에서의 가장 큰 재난은
아무런 위험이 없다는 데 있습니다.

전혀 위험을 감수할 생각이 없는 사람은
아무 것도 할 수 없습니다
고통과 슬픔은 피할 수 있습니다
그러나 배우고 느끼고 변하고 사랑하고
그러지 않고는 살 수 없습니다.

확실한 안전으로 당신을 묶어둔다는 것은
당신이 노예라는 것을 의미하며
삶의 자유를 박탈당했다는 것을 암시하는 것입니다.

위험을 감수하는 사람만이 진정한 자유인입니다.

부끄럼없이
당신에게 가게 하소서

내 목숨이 사라질 때 내 혼이 부끄럼없이 당신에게 갈 수 있게 하소서

바람 속에 당신의 목소리가 있고

당신의 숨결이 세상만물에게 생명을 줍니다

나는 당신의 많은 자식들 가운데 작고 힘없는 아이입니다

나로 하여금 아름다움 안에서 걷게 하시고

내 두 눈이 오래도록 석양을 바라볼 수 있게 하소서

당신이 만든 물건들을 내 손이 존중하게 하시고

당신의 목소리를 들을 수 있도록 내 귀를 예민하게 하소서

당신이 다른 사람들에게 가르쳐 준 것들을

나 또한 알게 하시고

당신이 모든 나뭇잎, 모든 돌 틈에 감춰 둔 교훈들을

나 또한 배우게 하소서

내 형제들보다 더 위대해지기 위해서가 아니라

가장 큰 적인 내 자신과 싸울 수 있도록

내게 힘을 주소서

나로 하여금 깨끗한 손, 똑바른 눈으로

언제라도 당신에게 갈 수 있도록 준비시켜 주소서

그래서 저 노을이 지듯이 내 목숨이 사라질 때

내 혼이 부끄럼없이 당신에게 갈 수 있게 하소서.

−인디언 기도문

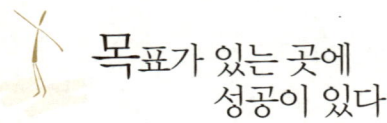

목표가 있는 곳에
성공이 있다

당신이 과연 인생을 몽땅 바쳐서 하고 싶은 것은 무엇인가

성공한 사람의 전기를 읽어보면 한 가지 공통점이 있다
바로 그들 모두가 목표를 세웠다는 점이다.

당신도 성공한 5%의 사람 속에 들어가기 위해서는
먼저 목표를 설정하는 법을 배워야 한다.

사람들은 대부분 인생에서 두 가지 목표를 가지고 있다
하나는 크고 멋진 집에서 사는 것이고
다른 하나는 자녀를 출세시키는 것이다.

인생의 목표를 종이에 써본 적이 있는가
무엇인가 목표의 윤곽이
손에 잡히는 듯한 느낌이 들 것이다

스스로 종이에 적어 놓은 목표를 보면
핑계를 대면서 빠져 나오기가 어려워진다
만일 어떤 이유로든 목표를 이루지 못했다면
자기 스스로에게
그런 것은 필요하지 않았다 든지
그렇게 하려던 것이 아니었다 든지 하는
변명을 할 수가 없다.

당신이 과연
인생을 몽땅 바쳐서 하고 싶은 것은 무엇인가
당신이 앞으로
열 두 달 밖에 살지 못한다면 무엇을 하겠는가
얼마 남지 않은 시간동안
무엇을 보고
무엇을 하며
어떤 소망을 이루고 싶은가.
종이에 써놓은 목표가
당신의 길을 안내하는 지도의 역할을 할 것이다.

# 영광의 발자취

명예는 실로 그의 얼굴이 먼지와 땀과 피로 얼룩진
경기장에 있는사람에게 주어지는 것입니다

비평가는 강한 사람이
어떻게 실수를 범하는지
어디에서 더 잘할 수 있었는지를
지적하는 사람이 아닙니다.

명예는 실로 그의 얼굴이
먼지와 땀과 피로 얼룩진 경기장에 있는
사람에게 주어지는 것입니다.

용맹스럽게 싸우는 사람
실수도 하고 계속해서 노력해도
정상에 다다르지 못하는 사람

커다란 감격과 숭고한 헌신을 알고
그 자신이 가치있는 일에 쓰여지기를 원하는 사람.

적어도 위대한 승리의 결말을 알고
최악의 경우에 실패하더라도
숭고하게 일하다가 실패한 사람.

이러한 사람들이 보여준 영광스런 발자취는
승리도 패배도 알지 못하는
저 냉담하고 소심한 이들이
결코 접근할 수 없는 축복의 발자취입니다.

-테어로도 루즈벨트

감나무의 아픔

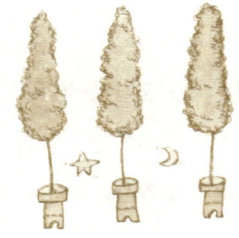

감나무는 다른 나무들과 달리 그 수확 방법이 다르다고 합니다.

다른 나무들은 열매가 맺히면 그 열매만 따면 되지만 감나무는 가지째로 꺾어야만 그 열매가 상처를 받지 않는다고 합니다. 물론 그 가지가 꺾인 후에 오는 감나무의 아픔은 더 크겠지만….

하지만 그 아픔의 자리는 시간이 지나면 빛을 받고 영양이 공급되어 다른 가지보다 더 예쁜 줄무늬가 쳐진다고 합니다.

우리의 삶도 그 감나무와 유사하다는 생각이 듭니다.
살아가다보면 자신의 몸 일부분이 떨어져 나가는 것 같은
큰아픔과 상처를 입는 일이 생기게 되지만 너무 절망할 필
요는 없을 것 같습니다. 오히려 그 아픔과 상처가 아물면
더 견고한 삶을 살 수 있는 것이 우리의 인생이니까요.

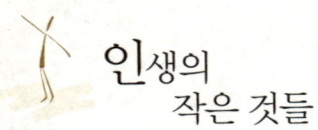

인생의
작은 것들

당신에게 주어지는 모든 것에 감사하는 마음을 가지십시오

너무 자주
우리는 우리가 가지고 있는 것들이 없어지고 나서야
비로소 그런 것들이 우리에게 있었다는 사실을
깨닫습니다.

너무 자주
우리는 미안해 내가 잘못했어 라고 사과할 수 있는
기회를 놓치고 맙니다.

때때로 우리는 가장 사랑하는 사람의 마음을
아프게 하는 것 같습니다.

우리는 어리석은 일로 삶을 망가뜨리고
하찮은 일로 심란해하는 경우가 너무나 많습니다.

너무 자주
우리는 우리의 눈을 가리는 것이 무엇인지
알지 못하는 경우가 많습니다.

사람들에게 알게 하십시오
그들이 당신에게 얼마나 중요한 존재인지를.

너무 늦기 전에
시간을 내어 당신의 그 말을 전하십시오.

당신에게 주어지는 모든 것에
감사하는 마음을 가지십시오.

그리고 아주 큰 의미를 담고 있는
인생의 작은 것들에 감사하십시오.

30대에
성공한 사람들

30대란 주위의 사람들이 어떠한 일을 맡기든
소화해 낼 수 있는 나이이고 그래야 하는 연대이다

30대에 가족을 돌볼 틈도 없을 만큼
바빠보지 못한 남자는 남자로서의 인생은 낙제다.

현대사회는
바쁜 것이 그 다음의 바쁨을 만들어 나간다
"바쁘십니까?" 하고 물었을 때
"네 대단히" 라고 대답하는 사람에게는
그가 할 다음 일이 밀려오게 된다
흔히 차분히 좋은 일을 시키기 위해서는
여가가 있는 사람에게
시간을 충분히 주어서 시키면 될 것같이 생각되지만
"저는 한가합니다" 라고 대답하는 사람에게는

일이 전혀 돌아가지 않는다.

30대란 주위의 사람들이 어떠한 일을 맡기든
소화해 낼 수 있는 나이이고
그래야 하는 연대이다.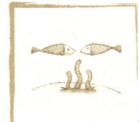

–스스키 겐지

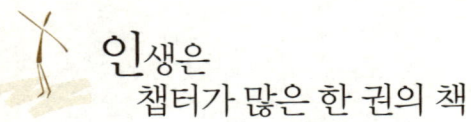

인생은
챕터가 많은 한 권의 책

인생의 챔피언은 끈질기게 책장을 넘기는 사람입니다

인생은 챕터가 많은 한 권의 책과 같습니다
어떤 챕터는 비극을 이야기하고
어떤 챕터는 승리를 이야기합니다
어떤 챕터는 재미없으면서 진부하고
어떤 챕터는 정열적이면서도 흥미진진합니다.

인생에서의 성공의 비결은
어려운 페이지에서
이해하기를
중단하지 않는 것이며
진부한 페이지에서
책읽기를 포기하지 않는 것입니다.

인생의 챔피언은
뒷장에서는 재미있는 내용이 나오리라 기대하며
끈질기게 책장을 넘기는 사람입니다.

오늘만큼은

진정으로 행복은 내부에서 일어난다 외부의 문제가 아니다

오늘만큼은 행복하자
사람은 스스로 행복해지려고 결심한 정도만큼
행복해진다
진정으로 행복은 내부에서 일어난다
외부의 문제가 아니다.

오늘만큼은 사물에 맞춰서 행동하자
무엇이나 자기 욕망대로만 하려고 하지 말자
가족의 일이나 운도 그대로 받아들여서
내쪽에서 그것에 맞춰나가자.

오늘만큼은 몸을 조심하자

운동을 해주고 소중하게 위해 주고
영양을 섭취하자
혹사시키거나 무시하지 말자
그렇게만 하면 몸은 뜻한 대로 움직이게 된다.

오늘만큼은 마음을 강하게 하자
무엇인가 유익한 일을 배우자
정신적으로 나태한 자가 되지 않게 하자
무엇인가 노력과 사고와 집중력을 필요로 하는 책을 읽자.

오늘만큼은 세 가지 방법으로 영혼을 훈련시키자
남을 드러내지 않으면서도 친절을 다해주자
마음으로 하고 싶지 않은 일을
최소한 두 가지는 하자
이것은 건전한 정신적인 운동이 된다.

오늘만큼은 기분좋게 있도록 하자
될 수 있는 대로 상냥한 얼굴 표정을 짓고

될 수 있는 대로 어울리는 복장을 하고
조용한 목소리로 이야기를 하며
예절바르게 행동하고 아낌없이 남을 칭찬하자
비난을 하거나 결점을 들추지 말고
남을 타이르거나 야단치는 일은 절대 하지 말자.

오늘만큼은 하루가 살 보람이 있는 것으로 여기자
인생의 모든 문제를 한꺼번에 해결하려고 하지 말자
평생동안 완수할 기분으로 시작한다면
비록 12시간이라도
스스로 깜짝 놀랄만한 성과를 거둘 것이다.

오늘만큼은 계획을 세우자
매시간의 예정표를 만들자
그대로는 되지 않을지도 모르지만
할 수 있는 데까지는 해보자
조급함과 망설임이라는

두 가지 해충을 없애기 위해서.

오늘만큼은 자신을 위한 휴식시간을 가지고
생각해보자
그동안 때때로 하느님을 생각하고
인생에 더욱 넓은 시야를 제공하자.

오늘만큼은 두려워하지 말자
특히 자기가 행복해진다는 것
아름다운 것을 즐긴다는 것
사랑한다는 것
그리고 사랑하는 사람이
자기를 사랑해 준다고 믿는 것을
두려워하지 말자.

-샤빌 F.패트리지

1초의 짧은 말

일생에 걸쳐 열심히 한 순간 한 순간을

처음 뵙겠습니다
이 1초의 짧은 말에서 일생의 순간을 느낄 때가 있다.

고마워요
이 1초의 짧은 말에서 사람의 따뜻함을 알 때가 있다.

힘내세요
이 1초의 짧은 말에서 용기가 되살아날 때가 있다.

축하해요
이 1초의 짧은 말에서 행복이 넘치는 때가 있다.

용서하세요

이 1초의 짧은 말에서 인간의 약한 모습을 볼 때가 있다.

안녕

이 1초의 짧은 말에서 일생 동안의 이별이 될 때가 있다.

이 1초에 기뻐하고 1초에 운다

일생에 걸쳐 열심히

한 순간 한 순간을.

삶

당신이 노력을 멈추지 않는 한 아무 것도 진정으로 끝난 것은 없습니다

인생을 공중에서
다섯 개의 공을 돌리는 것이라고 생각해보십시오
각각의 공을
일, 가족, 건강, 친구, 그리고 나라고 생각하고
모두 공중에서 돌리고 있다고 합시다.

일이라는 공은 고무공이어서
떨어뜨리더라도 바로 튀어 오릅니다
그러나 다른 공들은 유리로 되어 있어
이 중 하나라도 떨어뜨리게 되면 떨어진 공들은
상처입고, 깨지고, 흩어져 버려
다시는 전과 같이 될 수 없습니다.

당신은 이 사실을 깊이 깨닫고
삶에서 이 다섯 개의 공들이 균형을 갖도록 해야 합니다.

자신을 과소평가하지 말아야 합니다
당신의 목표가 자신에게 가장 최선이라고
생각하여야 합니다
당신 마음속에 있는 것들을 당연하게 생각지 말고
당신 삶처럼 그것에 충실하십시오.

당신의 삶이 하루에 한 번인 것처럼
삶으로써 인생의 모든 날들을 살게 될 것입니다
아직 줄 수 있는 것이 남아 있다면
결코 포기하지 마십시오
당신이 노력을 멈추지 않는 한
아무 것도 진정으로 끝난 것은 없습니다.

당신이 완전하지 못하다는 것을
인정하기를 두려워하지 마십시오

우리를 구속하는 것은 바로 이 덧없는 두려움입니다.

위험에 부딪치기를 두려워말고
용기를 배울 수 있는 기회로 삼으십시오.

당신이 어디에 있는지
어디를 향해 가고 있는지도 모를 정도로
바쁘게 살지는 마십시오.

사람이 가장 필요로 하는 감정은
다른 이들이 당신에게 고맙다고 느끼는 그것입니다.

시간이나 말을 함부로 사용하지 마십시오
둘 다 다시는 주워 담을 수 없는 것입니다.

인생은 경주가 아니라
그 길의 한 걸음 한 걸음을 음미하는 여행입니다.

어제는 역사이고
내일은 미스테리이며
그리고 오늘은 선물입니다.

−더글러스 태프트

지금 시작하라

오늘 하늘은 맑지만 내일은 구름이 보일는지 모른다

지금 시작하라

꽃을 피우고 싶으면 뜰로 나가 나무를 심어라

지금 나무를 심지 않으면

향기로운 꽃내음을 맡을 수 없다

당신은 언제나 꽃을 바라보는 사람일뿐

꽃을 피우는 사람은 될 수 없으니까.

지금 말하라

사랑하고 싶으면 지금 사랑한다고 말하라

표현되지 않는 사랑으로 그를

내 곁에 머물게 할 수 없다

사랑의 목소리가 어디선가 들려오면

그는 그곳을 향해 아무런 아쉬움 없이 떠날 테니까.

지금 칭찬하라
칭찬 한마디가 생각나면 지금
가까이 있는 이에게 말하라
당신이 머뭇거리고 있는 동안
그는 다른 쪽으로 가버릴 것이고
다시는 똑같은 친절의 기회가 오지 않을 테니까.

지금 사랑하라
행복한 가정을 만들고 싶으면 지금 가족을 사랑하라
부모님은 아쉬움에 떠나고 아이들은 너무 빨리 가버려
사랑을 전할 시간이 얼마 남지 않았으니까
사랑하는 사람은 언제나 곁에 있지 않는다.

지금 전하라
사랑하는 이가 있으면 지금 편지를 써라
지금 편지를 보내지 않으면

당신에 대한 기억이 날마다 흐려져
다음 편지가 도착할 때쯤에는
당신의 이름마저 생각나지 않아
편지를 반송할지도 모르니까.

지금 시작하라
하고 싶은 일이 있으면 지금 시작하라
지금 시작하지 않으면
그 일은 당신으로부터 날마다 멀어져
아무리 애써 손을 뻗어도 닿지 않을지 모르니까.

지금 뿌려라
좋은 사람이 되고 싶으면 지금 좋은 생각의 씨앗을 뿌려라
지금 뿌리지 않으면 당신의 마음 밭에는 나쁜 잡초가 자라
나중에는 아무리 애써 좋은 생각의 씨앗을 뿌려도
싹조차 나지 않을지 모르니까.

지금 일하라

할 일이 생각나거든 지금 하라

오늘 하늘은 맑지만 내일은 구름이 보일는지 모른다

어제는 이미 당신의 것이 아니니 지금하라

내일은 당신의 것이 안 될지도 모른다.

지금 웃어라

미소를 짓고 싶거든 지금 웃어라

당신의 친구가 떠나기 전에 장미는 피고

가슴이 설레일 때 지금 당신의 미소를 줘라.

지금 불러라.

불러야 할 노래가 있다면 지금 불러라.

당신의 해가 저물면 노래 부르기엔 늦는다.

당신의 노래를 지금 불러라.

하루
24시간

신은 사람에게 시간을 똑같이 나눠주는 데는 성공했습니다

가진 것이 많다고 무턱대고 쓰고 보려는 사람
그런 사람도 문제지만 그보다 더 무모한 사람이
우리 주변에 많이 있습니다.

그는 바로 시간을 아껴 쓸 줄 모르는 사람입니다
흥청망청 자기 일생을 보내는 사람입니다
그런 사람이야말로 물질을 아껴 쓰지 않은 이들보다
더욱 한심한 사람입니다.

신은 사람에게
물질을 공평하게 나눠주는 일에는 실패했지만
시간을 똑같이 나눠주는 데는 성공했습니다.

누구에게나 하루는 24시간
일년은 365일이니까 말입니다.

그렇다면 시간이라는 화폭위에
그림을 그리기 위해 붓을 들고 서 있는 화가가
바로 우리 자신 아니겠습니까!

만약 그것이 틀림없는 사실이라면
누가 더 좋은 그림을 그리느냐 하는 것은
자신에게 주어진 시간들을
어떻게 활용했는가에 달려 있습니다.

-일본 세이코 시계 광고카피에서-

모든 것을
가지려면

모든 것을 가지려면 어떤 것도 필요함이 없이 그것을 가져야 한다

모든 것을 맛보고자 하는 사람은
어떤 맛에도 집착하지 않아야 한다.

모든 것을 알고자 하는 사람은
어떤 지식에도 얽매이지 않아야 한다.

모든 것을 소유하고자 하는 사람은
어떤 것도 소유하지 않아야 하며
모든 것이 되고자 하는 사람은
어떤 것도 되지 않아야 한다.

자신이 아직 맛보지 않은 어떤 것을 찾으려면

자신이 알지 못하는 곳으로 가야 하고
소유하지 못한 것을 소유하려면
자신이 소유하지 않은 것을 사야 한다.

모든 것에서 모든 것에게로 가려면
모든 것을 떠나 모든 것에게로 가야 한다.

모든 것을 가지려면
어떤 것도 필요함이 없이 그것을 가져야 한다.

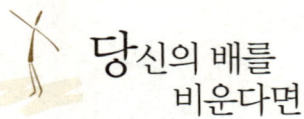

당신의 배를
비운다면

당신이 스스로 타고 있는 배를 비운다면
아무도 당신을 해치려 하지 않을 것이다

만약 강을 건너다가
자기의 배가 빈배와 충돌하면
성질이 아무리 고약한 사람이라도
화를 내지 않을 것이다.

하지만
배 안에 사람이 있는 것을 보았다면
배를 빼라고 상대방에게 고함을 칠 것이다
만약 상대방이 고함 소리를 못 들었다면
그는 또다시 고함칠 것이며
마침내 욕하기 시작할 것이다

그러니 이 모든 것은 누군가 배안에 있기 때문이다
하지만 만약 배가 비어 있다면
그는 고함치지 않을 것이며 화도 내지 않을 것이다.

만약 당신이 스스로 타고 있는 배를 비운다면
세상의 강을 건너는데
아무도 당신을 막지 않을 것이며
아무도 당신을 해치려 하지 않을 것이다.

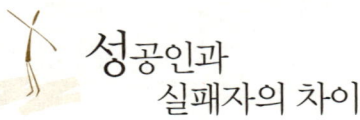

성공인과
실패자의 차이

성공인은 구름 위의 태양을 보지만 실패자는 구름 속의 비를 본다

실패했을 때

성공인은 '내가 잘못했다'고 말하지만

실패자는 '저 사람 때문에 이렇게 되었다'고 말한다.

성공인은 남보다 더 열심히 일하면서도

여유가 있고 달려가며 계산하지만

실패자는 게으르면서도 늘 바쁘다고 떠들어 대고

출발도 하기 전에 계산부터 한다.

성공인은 시간을 관리하며 살고

넘어지면 일어나 앞을 보지만

실패자는 시간을 끌며 살고

넘어지면 일어나 뒤를 본다.

성공인은 지는 것도 두려워 않고
과정을 위해 살지만
실패자는 이기는 것도 은근히 두려워하며
결과만 위해 산다.

성공인은 문제 속에 뛰어들고
눈이오면 눈을 치우고 길을 만들지만
실패자는 문제의 변두리만 맴돌고
눈이오면 눈이 녹기를 기다린다.

성공인은 자기보다 우월한 자를 보면 존경하고
그 사람으로부터 배울 점을 찾지만
실패자는 자기보다 우월한 자를 만나면 질투하고
그 사람의 갑옷에서 구멍난 곳이 없는지 찾으려 한다.

성공인은 강한 자에게는 강하고

약한 자에게는 약하지만
실패자는 강한 자에게는 약하고
약한 자에게는 강하다.

성공인은 몸을 바치고 행동으로 말을 증명하지만
실패자는 혀를 바치고 말로 행위를 증명한다.

성공인은 책임지는 태도로 살고
인간을 섬기다 감투를 쓰지만
실패자는 약속을 남발하고
감투를 섬기다가 바가지를 뒤집어쓴다.

성공인은 구름 위의 태양을 보지만
실패자는 구름 속의 비를 본다.

꽃이 아닌들 어떠리

당장은 꽃이 아닌들 어떠합니까. 그저 꽃을 피우기 위해 오랜 기다림으로 견뎌 내는 한 톨의 씨앗이면 어떠합니까.

뜻이 확실하다면 그 길이 아무리 멀고 험하더라도 흔들리지 않을 수 있습니다. 조개가 진주를 만들어내듯 오랜 시간 동안 모래를 품는 고통을 이겨내면 찬란한 진주를 토해낼 수 있습니다. 아픔을 참고 이긴 후에야 비로소 빛나는 진주를 가질 수 있는 것이지요.

우리의 삶도 마찬가지일 겁니다. 더디 가더라도 한 걸음, 한 걸음 걸어가며 결코 그 걸음을 멈추지 않는다면 우리가 아파하는 지금 이 시간이 찬란한 진주를 만들어 내기 위한 희망의 시간이 되는 것이지요.

지금 당장 꽃이 피지 않은 들 어떠합니까.

인생 계획서

인생이 얼마나 지혜롭게 나를 위한 계획서를 만들었나를 난 이제 안다

난 인생 계획을 세웠다
청춘의 희망으로 가득한 새벽빛 속에서
난 오직 행복한 시간들만을 꿈꾸었다.

내 계획서엔 화창한 날들만 있었다
내가 바라보는 수평선엔 구름 한 점 없었으며
폭풍은 신께서 미리 알려주시리라 믿었다
슬픔을 위한 자리는 존재하지 않았다
이 계획서에다 난 그런 것들을 마련해 놓지 않았다
고통과 상실의 아픔이 길 저 아래쪽에서
기다리고 있다는 걸 난 내다 볼 수 없었다.

내 계획서는 오직 성공을 위한 것이었으며
어떤 수첩에도 실패를 위한 페이지는 없었다
손실 같은 건 생각지도 않았다
난 오직 얻을 것만 계획했다
비록 예기치 않은 비가 뿌릴지라도
곧 무지개가 뜰 거라고 난 믿었다.

인생이 내 계획서대로 되지 않았을 때
난 전혀 이해할 수 없었다. 난 크게 실망했다.
하지만 인생은 나를 위해 또 다른 계획서를 써 놓았다
현명하게도 그것은 나한테 존재를 알리지 않았다
경솔함을 깨닫고 더 많은걸 배울 필요가 있을 때까지.

이제 인생의 저무는 황혼 속에 앉아서 난 느낀다
인생이 얼마나 지혜롭게 나를 위한 계획서를 만들었나를
그리고 난 이제 안다
그 또다른 계획서가 나에게는 최상의 것이었음을.

-글래디 로울러

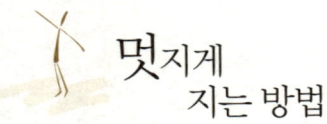

멋지게
지는 방법

멋지게 이길 수 있는 사람이란 멋지게 질 줄 아는 사람입니다

스키에서는 가장 먼저 넘어지는 법부터 배웁니다

넘어지는 법이 능숙해지면

타는 법도 능숙해질 수 있습니다

넘어지는 것도 스키를 타는 방법의 한 가지인 것입니다

인생에 있어서의 승리와 패배도 마찬가지입니다

멋지게 이길 수 있는 사람이란

멋지게 질 줄 아는 사람입니다

따라서 지는 방법을 배운다는 것은

이기는 방법을 배우는 것이기도 한 것입니다

인생의 승리법 교습소에서는

제일 첫 단계로 능숙하게 지는 법을 배울 수 있는

프로그램이 짜여 있습니다.

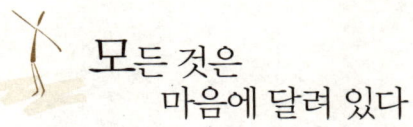

모든 것은
마음에 달려 있다

진정으로 승리하는 사람은 스스로 할 수 있다고 생각하는 사람이다

스스로 졌다고 생각하면 진다
스스로 용기가 없다고 생각하면 비겁해진다
이기고 싶지만 이길 수 없다고 생각하면
이기지 못할 것이 거의 확실하다
질 것이라고 생각하면 진다.

세상으로 나가면 성공의 의지에서부터
시작된다는 것을 알게 될 것이다
모든 것은 마음에 달려 있다.

스스로 남들보다 뛰어나다고 생각하면
남을 앞설 수 있다

올라야 할 높은 고지를 생각하면
미처 자신이 깨닫기도 전에
이미 그 고지에 도달해 있을 것이다.

인생이란 전쟁은 언제나 더 강하고
더 빠른 사람이 이기는 것만은 아니다
진정으로 승리하는 사람은
스스로 할 수 있다고 생각하는 사람이다.

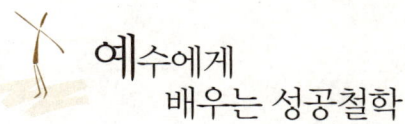

예수에게 배우는 성공철학

누군가로 하여금 무리하게
1마일을 걷게 하고 싶거든 함께 2마일을 걸어가라

성공하고 싶은 사람일수록 다른 사람을 섬겨야 한다
"그대들 가운데 위대해지고 싶은 사람은
돌아가서 모든 사람들의 하인이 되거라."

권자에 오르고 싶거든
가장 낮은 곳에서 전력해야 한다
"그대들 가운데 우두머리가 되고 싶은 사람은
모든 사람의 노예가 되거라."

큰 보상은
요구받은 것 이상을 제공하는 자에게 주어진다
"누군가로 하여금 무리하게
1마일을 걷게 하고 싶거든 함께 2마일을 걸어가라."

인생은 가장 가난한 사람이라도 자랑할 수 있는 선물이며
누구나 최대한 이용할 수 있는 선물입니다

3

하루에 다섯 번씩 미소를 지으십시오

실패하는 사람과
성공하는 사람

일을 시작하면 늘 성공만 꿈꿉니다

실패하는 사람은

타인을 비방합니다

삶의 목표를 쉽게 상실합니다

정보 단절을 자초하거나 정보에 무관심합니다

매사를 부정적으로 생각하는 사람들과 친하게 지냅니다

일을 시작하면 언제나 실패를 예상합니다

다른 사람의 조언을 무시합니다

실패의 교훈을 수용하지 않습니다.

성공하는 사람은

타인을 존중합니다

삶의 목표를 일관되게 추구합니다

항상 새로운 정보를 수집하려고 노력합니다

항상 긍정적으로 생각하는 사람들과 가깝게 지냅니다

일을 시작하면 늘 성공만 꿈꿉니다

다른 사람의 조언에 귀기울입니다

실패한 후에는 그 원인을 꼼꼼히 분석합니다

남의 일에 많은 시간을 투자하지 않습니다.

–대니얼 아멘

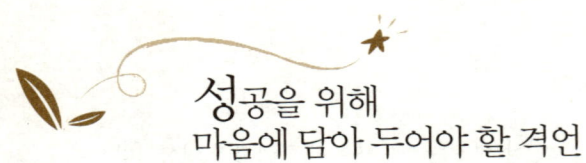

성공을 위해
마음에 담아 두어야 할 격언

반드시 성공한다고 누구도 단언할 수 없지만
반드시 성공할 수 없다고도 누구도 단언할 수 없다

1. 할 수 있는 일을 하는 것보다는
하고 싶은 일을 하라.

2. 안전하게 살아가는 것이 가장 위험하다. 당신의 삶
이 안전할수록 꿈으로부터 멀어져가고 있는 것이다.

3. 실패하면 어쩌나 하고 걱정하는 순간부터 그 일은
실패를 향해 다가간다. 기왕이면 성공에 대한 걱정을
하자.

4. 반드시 성공한다고 누구도 단언할 수 없지만
반드시 성공할 수 없다고도 누구도 단언할 수 없다.

5. '다음에' 라는 말이 당신을 성공으로부터 멀어지게 한다. 그 말을 사전에서 지우면 당신의 꿈은 실현된다.

6. 자신이 없을 때는 동전을 던져보자. 앞면이 나오면 '한다' 뒷면이 나오면 '그만두지 않는다.'

7. 작은 새가 처음으로 나는 것을 배우는 것은 강한 형제에게 밀려서 둥지에서 떨어질 때다.

8. 성공한다는 것은 멋진 일이다. 하지만 성공하지 못하더라도 성장한다는 것은 더욱 멋진 일이다.

스스로의 한계나
장래성을 미리
정하지 마라

하고 있는 일을 사랑하라. 성공은 열정의 산물이다

1. 도전적인 상황에 일부러 부딪쳐라.
어려운 도전일수록 더욱 흥미진진한 법이다.

2. 결코 흔들리지 않는 확고한 미래를 가져라.
단, 명확하고 현실적이며 객관적인 목표여야 한다.

3. 스스로의 한계나 사업의 장래성을 미리 정하지 마라.
발전의 최대 장애물은 일을 시작하기도 전에 한계를
정하는 것이다. 사람은 스스로 생각하는 것보다 훨씬
큰 능력을 갖고 있다.

132

4. 누구도 혼자서는 성공할 수 없다.

자신을 믿고 동료를 믿어라.

5. 자신감과 겸손함 사이에서 균형을 유지하는 법을
배워라.
 '나는 할 수 있다' 는 자신감도 가져야 하고, 도움을
청할 땐 굽힐 수 있는 겸손함도 필요하다.

6. 절대, 결코 무슨 일이 있어도 중간에 포기하지 마라.
가장 큰 승리는 대개 최후에 오는 법이다.

7. 하고 있는 일을 사랑하라.
성공은 열정의 산물이다.

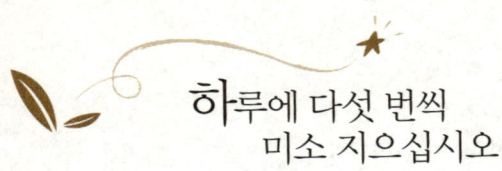

하루에 다섯 번씩
미소 지으십시오

여러분이 미소짓고 싶지 않은 사람에게 하루에 다섯 번씩 미소 지으십시오

서로서로 미소를 지으십시오

그것은 반드시 쉽지만은 않습니다

때때로 나는 나의 자매 수녀들에게조차도

미소짓기가 어렵다는 것을 압니다

그러나 그런 때에는 기도해야 합니다

평화는 미소에서 시작됩니다

여러분이 미소짓고 싶지 않은 사람에게

하루에 다섯 번씩 미소 지으십시오

평화를 위해서 그렇게 하십시오.

－마더 테레사

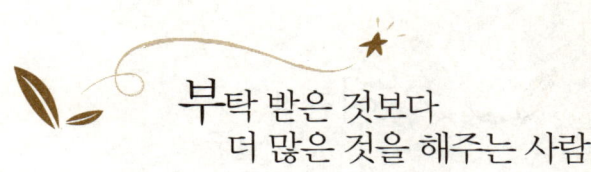

부탁 받은 것보다
더 많은 것을 해주는 사람

작은 일을 훌륭하게 해낼 수 있는 기회란 우리 모두에게 찾아오는 법이다

중요한 기회란
부탁 받은 것보다 더 많은 것을 해주는 사람에게
찾아오는 법이다.

부디 가장 평범한 일이라고 해도 가장 비범하게 대하라.

위대한 일을 훌륭하게 처리할 수 있는
기회를 평생 얻지 못할 수도 있다.

그러나 작은 일을 훌륭하게 해낼 수 있는 기회란
우리 모두에게 찾아오는 법이다.

–잭슨 브라운

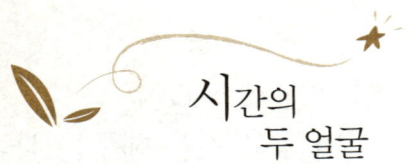

시간의
두 얼굴

가장 현명한 시간은
위기를 슬기롭게 극복하는 시간이고
가장 명예로운 시간은 남을 위해 봉사하는 시간이다.

가장 미련한 시간은 사소한 일도 처리 못하는 시간이고
가장 떳떳한 시간은 잘못을 스스로 인정하는 시간이다.

가장 분한 시간은 모욕을 당하는 시간이며
가장 비굴한 시간은 변명을 늘어놓는 시간이다.

가장 겸손한 시간은 분수에 맞게 행동하는 시간이고
가장 낭비하는 시간은 방황하는 시간이다.

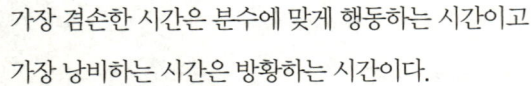

가장 자유로운 시간은 규칙적인 시간이며
가장 억압받는 시간은 죄를 짓고 쫓기는 시간이다.

가장 파렴치한 시간은 남에게 피해를 끼치는 시간이고
가장 쓸모없는 시간은 무사안일한 시간이다.

가장 불쌍한 시간은 구걸하는 시간이고
가장 많은 시간은
사소한 시간을 활용하여 얻은 시간이다.

가장 가치있는 시간은 최선을 다한 시간이고
가장 소중한 시간은 지금 바로 이 순간이다.

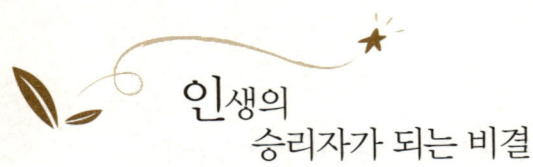

인생의
승리자가 되는 비결

의인은 일곱 번 넘어지더라도 다시 일어난다

1. 목적을 가지고 일하라.

성공하는 사람들은 사명감을 가지고 있다. 그들은 어
디를 향해 가고 있는지 알고 있으며 어떻게 그 목적
지에 도달하는 지도 안다.

2. 진실함을 유지하라.

성공하는 사람들은 진실만을 말한다. 그러므로 거짓
말 때문에 걱정할 필요가 없다.

3. 변명하지 말라.

성공하는 사람들은 절대로 남을 비방하지 않는다. 그
들은 자신이 저지른 실수에 대해 책임을 진다.

4. 배우기를 멈추지 말라.

지도자들은 하나같이 배우는 사람들이다. 당신이 배우기를 멈추는 순간 당신의 지도력도 멈추게 된다.

5. 시간과 에너지를 절약하라.

성공하는 사람은 실패하는 사람보다 24시간을 훨씬 더 잘 관리할 줄 안다. 이들은 무조건 많은 시간을 들여 힘들게 일하는 것이 아니라 지혜롭게 일을 처리한다.

6. 끝까지 고수할 것을 결심하라.

성공하는 사람들은 어떤 일을 중도에 그만둔다는 생각은 할줄 모른다. 그들은 중단없이 계속 일한다. 의인은 일곱 번 넘어지더라도 다시 일어난다.

-릭 워렌

행복한 삶

사랑하고 사랑 받을 시간을 가지십시오 하느님께서 주신 권리입니다

웃을 시간을 가지십시오

영혼의 음악입니다

생각할 시간을 가지십시오

힘의 원천입니다

놀 시간을 가지십시오

영원한 젊음의 원천입니다

책 읽을 시간을 가지십시오

지혜의 샘입니다

사랑하고 사랑 받을 시간을 가지십시오

하느님께서 주신 권리입니다

친구가 될 시간을 가지십시오

행복의 길입니다

뭔가를 줄 시간을 가지십시오

이기적이 되기에는 너무나 짧은 하루입니다

일할 시간을 가지십시오

성공의 지름길입니다.

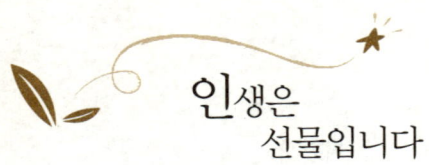

인생은
선물입니다

인생은 누구나 최대한 이용할 수 있는 선물입니다

인생은 날마다 사용할 수 있는
신이 주신 귀한 선물입니다
결코 줄어들거나 사라지지 않으며
보석처럼 모아 두는 것도 쌓아두는 것도 아닙니다
인생이란 이따금 나타났다가
또다시 어둠 속으로 사라져버리는
그런 유치한 기쁨이 아닙니다.

인생은 가장 가난한 사람이라도
자랑할 수 있는 선물이며
누구나 최대한 이용할 수 있는 선물입니다
그러므로 인생을 즐기십시오

가능한한 구석이나 상자 속에 쌓아두지 마십시오

그대는 인생을 이용함으로써

그 아름다움을 느낄 수 있을 것입니다.

−에드가 A. 게스트

행복의 본질

재물에서 행복을 찾으려 했으나 갈등과 걱정만을 얻었다

지식에서 행복을 구하려 했으나 거기에는 없었다

여행에서 행복을 찾으려 했으나 지루함만 느꼈다

재물에서 행복을 찾으려 했으나 갈등과 걱정만을

얻었다

그러던 어느 날

한 여인이 잠든 아기를 팔에 안은 채

조그만 승용차에서 누구를 기다리고 있는 것을 보았다

막 도착한 기차에서 내린 한 남자가

차로 가까이 다가가더니 그 부인에게 키스를 했다

그리고 잠에서 깨어나지 않도록

아기에게도 부드럽게 입을 맞추었다.

잠시 후에 한 가족이 단란하게 차를 몰고 떠났다

이 광경을 지켜보고
나는 행복의 본질이 무엇인지 깨달았다.

–듀란트

계속되는 절망은 없습니다

당신은 절망만이 계속되는 삶이 있다고 생각하십니까. 우리들의 삶에는 두 개의 문이 있습니다.

그것은 바로 절망의 문과 새로운 기회의 문입니다. 그 두 개의 문 중 하나의 문이 닫힐 때 다른 하나의 문이 열린다는 것은 우리들 삶의 진실입니다.

우리에게 문제가 있다면 그것은 종종 닫힌 문을 지나치게 절망으로만 느끼기에 새로 열리고 있는 다른 문을 보지 못한다는 점입니다.

살아가면서 하나의 문이 닫히는 절망감을 느끼며 흔들릴 때가 있지만 그 절망 위엔 언제나 새로운 희망의 문이 조금씩 열리고 있습니다.

계속되는 절망이란 없습니다. 계속되는 절망이 있다고 믿는 사람이 있다면 그건 절망감에만 집착하여 희망의 문이 열리고 있는 것을 느끼지 못하기 때문입니다.

신의 배려

행복은 불행을 참아낸 당신에게 주시는 선물입니다

성공은
실패를 하고도 단념하지 않았던 데 대한 보상입니다
실패는
더 크게 성공하기 위해 신이 주시는 충고입니다
행복은
불행을 참아낸 당신에게 주시는 선물입니다
불행은
고통에 잠긴 사람의 마음을 배우기 위한 훈련입니다
건강은
힘차게 인생을 개척하게 하기 위한 에너지입니다

148
질병은
수고한 몸을 쉬라는 신의 경고입니다.

이 모든 것이
우리를 진정으로 아끼는 신의 배려입니다.

–인드라 초한

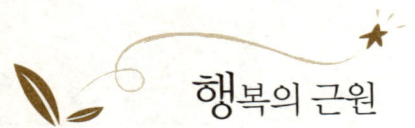

행복의 근원

다른 사람을 위해서 수고할 때 그 행복은 우리에게로 달려올 것이다

인간은 언제나 꾸준히 무엇인가를 추구한다

인간에게는 그와 같은 무엇을 찾으려는 성질이 있다

그러한 행위는 늘 계속된다

젊음을 위한 탐구

황금을 위한 탐구

진리의 탐구

평화의 탐구

우리는 행복을 거저 찾을 수는 없다

행복은 어떤 다른 것에 의한 부산물에 지나지 않는다

어떤 사람은 우정에서 행복을 찾는다

어떤 사람은 음악에서 행복을 느낀다

어떤 사람은 우거진 나무숲을 홀로 거닐면서 행복을

찾는다

이처럼 행복의 근원은 여러 가지이다

하지만 우리가 자신만을 위해서 행복을 찾을 때

우리의 수고는 헛된 것이 될 것이며

반대로 다른 사람을 위해서 수고할 때

그 행복은 우리에게로 달려올 것이다.

신비의 힘을
인정하는 마음의 여유

성공하는 사람은 신비의 힘을 이해할 수는 없지만 인정하는 사람입니다

상식적으로 이해할 수 없는 일을 들으면

그 존재조차 인정하지 않으려는 사람이 있습니다

그러나 세상에는

우리가 이해할 수 없는 일들이 수없이 많습니다

이해할 수는 없지만

신비한 힘이 존재한다는 사실을

인정하는 것이 중요합니다

신비의 힘은 신비의 힘을 인정하는 사람에게만

힘을 빌려 줍니다

성공하는 사람은 신비의 힘을 이해할 수는 없지만

인정하는 사람입니다

마음에 여유가 있을 때

신비의 힘을 믿을 수 있기 때문입니다.

고통보다는 축복을 먼저 생각하세요
당신에게 주어진 고통보다는 축복을 먼저 생각하고
잃어버린 것보다는 얻은 것을 생각하십시오.

비탄스러운 일보다는 즐거운 일을 생각하고
사이가 나쁜 사람보다는 친구를 생각하십시오
눈물 흘릴 때보다는 미소지을 때를 생각하고
두려울 때보다는 용기가 생길 때를 생각하십시오.

흉년보다는 풍년이었을 때를 생각하고
남에게 불친절했던 일보다는 친절했던 일을
생각하십시오
재산보다는 건강을 먼저 생각하고
당신 자신보다 이웃을 사랑하십시오.

행복을
만드는 방법

힘들 때 손을 잡아주는 친구가 있다면 당신은 이미 행복의 당선자이다

고난 속에서도 희망을 가진 사람은
행복의 주인공이 될 수 있다
하루를 좋은 날로 만들려는 사람은
행복의 창조자가 될 수 있다
힘들 때 손을 잡아주는 친구가 있다면
당신은 이미 행복의 당선자이다.

삶에 기쁨도 슬픔도 있다는 것을 아는 사람은 행복하다
작은 집에 살아도 잠잘 수 있어 좋다고 생각하는
사람은 행복하다
남의 마음까지 헤아릴 줄 아는 사람은 행복하다
좋아하는 사람이 많을수록 행복하다

너와 나를 우리라고 생각할 줄 아는 사람은 행복하다

남을 용서할 줄 아는 사람은 행복하다

작은 것에 감사하는 사람은 행복하다.

정말 중요한 것은
가까운 곳에 있다

현명한 사람들은 사물을 실물 크기로 파악할 수 있다

일반적으로 현명한 사람들은
사물을 실물 크기로 파악할 수 있지만
우매한 사람은 그것을 할 수 없다.

마치 현미경으로 들여다보는 것처럼 뭐든지 크게 본다
따라서 벼룩을 코끼리로 오인하기도 한다
작은 것이 크게 보이는 것뿐이라면 그래도 괜찮다
그러나 최악의 경우는 큰 것이 너무 확대되다 못해
안 보이게 되어 버리는 일이다.

사소한 돈을 아끼고

그것 때문에 다투는 사람들이 그런 경우이다

그들은 그것 때문에
자신이 수전노라고 불린다는 사실을 깨닫지 못한다.

그런 사람들은 자기 자신에 대해서도
부당한 일을 한다
수입 이상의 생활을 원하게 되고
자기 손이 닿는 범위내에 있는
중요한 것을 못보고 지나치고 있는 것이다.

-필립 체스터필드

진정한 성공

당신이 있음으로해서 다른이의 삶이 행복할 수 있습니다

더 자주 웃고 더 많이 사랑하는 것

지적인 사람들로부터 사랑 받는 것

아이들로부터 사랑 받는 것

건강한 비평가들로부터 인정을 받고

나쁜 친구들의 배신을 이겨내는 것

아름다움에 감사하는 것

자신을 아낌없이 주는 것

건강한 아이를 통해서든

마당의 한 뙈기를 통해서든

사회적 발전을 통해서든

조금 더 좋은 것을 이 세상에 남기는 것

열정적으로 웃으며

환희에 가득차 노래하는 것
당신이 있음으로 해서 다른 어떤이의 삶이
좀더 행복할 수 있다는 사실을 아는 것
이것이 바로 성공하는 것이다.

–랠프 워도 에머슨

오늘에
의지하여 살라

오늘에 의지하여 최선을 다하라

오늘에 의지하여 살라

오늘의 짧은 행로 속에 우리의 모든 진리와

현실이 숨어 있으니

성장의 즐거움도

행동의 영광도

업적의 광채도

어제는 한낱 한조각의 단꿈에 지나지 않으며

내일은 다만 환영에 지나지 않는다.

그러나 오늘에 의지하여 최선을 다한다면

우리의 모든 어제는 행복의 꿈이 될 것이며

우리의 모든 내일은 희망의 빛이 될 것이다.

그러므로

오늘에 의지하여 최선을 다하라.

−데일 카네기

아침공기

우리의 인생도 선명한 아침 시간처럼 살아갈 수 있어야 한다

우리의 인생도 피곤한 저녁 시간이 아니라
선명한 아침 시간처럼 살아갈 수 있어야 한다
아침에 눈을 뜨면 공기 중에 녹아 있는 신선함과
생명의 풋풋함을 호흡하라
그것은 저녁의 어스름한 공기 속에 떠있는 피곤함이나
몽롱함과는 완전히 다르다
아침 공기는 불쾌하거나 우울하던 그 전날의 기분을
완전히 소멸시키고
새로운 희망의 소리를 들려준다.

-쇼펜하우어

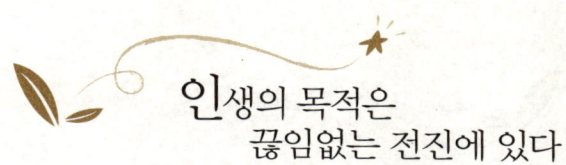

인생의 목적은
끊임없는 전진에 있다

인생의 목적은 끊임없는 전진에 있다

인생의 목적은 끊임없는 전진에 있다

앞에는 언덕이 있고 진흙도 있다

걷기 좋은 반반한 길만은 아니다

먼 곳으로 항해하는 배가 풍파를 만나지 않고

조용히만 갈 수는 없다

풍파는 언제나 전진하는 자의 벗이다

차라리 고난 속에 인생의 기쁨이 있다

풍파없는 항해!

얼마나 단조로운가!

고난이 심할수록 내 심장이 뛴다.

−니이체

성공비결

열의가 없으면 당신에게는 실패와 권태가 찾아온다

1. 성공의 정도를 헤아리는 척도는 그 사람이 얼마만
한 것을 손에 넣었느냐는 것이 아니라 그 사람이 얼마
만한 것을 줄 수 있었느냐 이다.

2. 서비스 산업의 가장 중요한 요소는 이미지이다. 이
는 품질문제를 빼어놓을 수 없다는 얘기다.

3. 자기가 지닌 재능을 발견하라. 사람들은 모두 제각
기 직업을 가지고 있다. 재능은 천직이다.

4. 비전이 클수록 의외로 경쟁자는 줄어든다.

5. 스스로의 적소를 발견하는 데 시일이 걸리더라도 괴로워할 것은 없다. 첨탑의 높이는 기초에 따라 결정된다.

6. 많은 사람이 실패하는 것은 자기 능력을 잘못 판단하고 과소 평가하기 때문이다.

7. 정직하라. 이것은 단순히 남을 속이지 않는다는 소극적인 방법 이상의 것을 말한다. 그것은 남에게 우리가 진실을 생각하고 있는 것을 용감하게 직접 분명히 주장하라는 것이다.

8. 조그만 열의란 없다. 열의가 있느냐 없느냐 둘 중의 하나이다. 만약 열의가 없으면 당신에게는 실패와 권태가 찾아온다.

−콘드라 힐튼

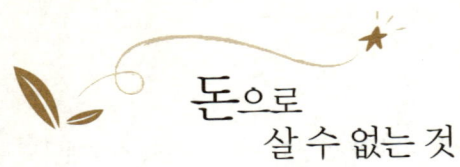

돈으로
살 수 없는 것

돈으로 동료를 구할 수는 있지만 진실한 친구를 얻을 수는 없다

돈으로 사람을 살 수는 있으나
그 사람의 마음을 살 수는 없다
돈으로 호화로운 집은 살 수 있어도
행복한 가정은 살 수 없다.

돈으로 최고로 좋은 침대는 살 수 있어도
최상의 달콤한 잠은 살 수 없다
돈으로 시계는 살 수 있어도
흐르는 시간은 살 수 없다.

돈으로 얼마든지 책은 살 수 있어도
결코 삶의 지혜는 살 수 없다

돈으로 지위는 살 수 있어도
가슴에서 우러난 존경은 살 수 없다.

돈으로 좋은 약은 살 수 있어도
평생 건강을 살 수는 없다
돈으로 피는 살 수 있어도
영원한 생명을 살 수는 없다.

돈으로 섹스는 살 수 있어도
진정한 사랑은 살 수 없다
돈으로 감각적인 쾌락은 살 수 있으나
마음 속 깊은 곳의 기쁨은 살 수 없다.

돈으로 맛있는 음식을 살 수 있으나
마음이 동하는 식욕은 살 수 없다
돈으로 화려한 옷은 살 수 있으나
내면에서 우러난 참된 아름다움을 살 수는 없다.

돈으로 사치를 꾸리며 살 수 있으나
전통어린 문화를 살 수는 없다
돈으로 고급품을 살 수 있으나
아늑한 평안함을 살 수는 없다.

돈으로 미인을 살 수는 있지만
정신적인 평화로움은 살 수 없다
돈으로 동료를 구할 수는 있지만
진실한 친구를 얻을 수는 없다.

돈이 있으면 성대한 장례식을 치를 수 있지만
행복한 죽음은 살 수 없다
돈으로 종교는 얻을 수 있으나
소망하는 구원을 살 수는 없다.

돈은 일상생활에서 절대 필요하고 편리한 수단이지만
어디까지나 수단이지 인생의 목적은 아니다
돈은 인간에게 필요한 것이다

그러나 돈만 가지고 인생에서 가장 가치 있고
진정으로 만족스러운 것은 살 수가 없다
진정한 행복은 물질이 아니라 마음에서 온다.

−피터 라이브스

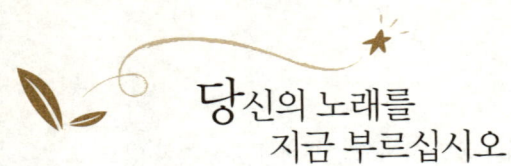

당신의 노래를 지금 부르십시오

오늘 하늘은 더없이 맑지만 내일은 먹구름이 모일지 모릅니다

오늘 하늘은 더없이 맑지만

내일은 먹구름이 모일지 모릅니다

어제는 이미 당신 것이 아니니

지금 하십시오

친절한 말 한 마디가 생각나거든

지금 말하십시오

내일은 당신의 것이 아닐지도 모릅니다

사랑하는 사람이 언제나 곁에 있지는 않습니다

사랑의 말이 있다면 지금 하십시오

당신의 친구가 떠나기 전에.

장미는 피고 가슴이 설레일 때

지금 당신의 미소를 주십시오

불러야 할 노래가 있다면 지금 부르십시오
당신의 해가 지면 노래 부르기엔 너무 늦습니다
당신의 노래를 지금 부르십시오
그것이 지금 당신이 할 일입니다.

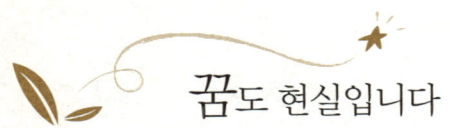

꿈도 현실입니다

꿈 또한 현실의 일부이며 당신이 잠들어 있는 동안 체험하는 현실입니다

꿈과 현실은 별개의 것이 아닙니다

꿈 또한 현실의 일부이며

당신이 잠들어 있는 동안 체험하는 현실입니다

뇌는 어떤 체험이

잠들어 있는 동안 이루어지는 것인지

깨어 있는 동안 이루어지는 것인지

구별하지 않습니다

뇌 속에는 꿈과 현실이

연속된 하나의 체험입니다

그러므로 꿈을 소홀히 생각하면 안 됩니다

"겨우 꿈이었군" 하고 말하는 것은

"겨우 현실이었군" 하고 말하는 것과 같습니다.

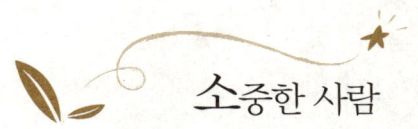

소중한 사람

이 순간 할 일이 무엇일까 라고 일을 찾아 할 줄 아는 사람
당신은 소중한 사람입니다

할 수 있습니다 라는 긍정적인 사람

제가 하겠습니다 하는 능동적인 사람

무엇이든지 도와드리겠습니다 라는 적극적인 사람

기꺼이 해 드리겠습니다 라는 헌신적인 사람

잘못된 것은 즉시 고치겠습니다 라는 겸허한 사람

참 좋은 말씀입니다 라는 수용적인 사람

이렇게 하면 어떨까요 라는 협조적인 사람

대단히 고맙습니다 라고 감사할 줄 아는 사람

도울 일 없습니까 라고 물을 수 있는 여유 있는 사람

이 순간 할 일이 무엇일까 라고 일을 찾아 할 줄 아는 사람

당신은 소중한 사람입니다.

미소

이것은 살 수도 없고 빌릴 수도 없고 도둑질 할 수도 없는 것이다

이것은 별로 소비되는 것은 없으나
건설하는 것은 많으며
이것은 주는 사람에게는 해롭지 않으나
받는 사람에게는 사랑이 넘치고
짧은 인생으로부터 생겨나서
그 기억은 길이 남으며
이것이 없이 참으로 부자가 된 사람도 없으며
이것을 가지고 있으면서 정말 가난한 사람도 없다.

이것은 가정에 행복을 더하며
사업에 호의를 갖게 하며
친구 사이를 더욱 가깝게 하며

피곤한 사람에게 휴식이 되며
실망한 사람에게는 소망도 되고
우는 사람에게는 위로가 되고
인간의 모든 독을 제거하는 해독제이다.

그러면서도
이것은 살 수도 없고
빌릴 수도 없고
도둑질 할 수도 없는 것이다.

－데일 카네기

지혜로운 삶

유리하다고 교만하지 말고 불리하다고 비굴하지 말라

유리하다고 교만하지 말고 불리하다고 비굴하지 말라
무엇을 들었다고 쉽게 행동하지 말고
그것이 사실인지 깊이 생각하여
이치가 명확할 때 과감히 행동하라
벙어리처럼 침묵하고 제왕처럼 말하며
눈처럼 냉정하고 불처럼 뜨거워라.

태산같은 자부심을 갖고 누운 풀처럼
스스로를 낮추어라
역경을 참아 이겨내고 형편이 잘 풀릴 때를 조심하라
재물을 오물처럼 볼 줄도 알고
터지는 분노를 잘 다스려라

때로는 마음껏 즐기고
사슴처럼 두려워할 줄 알고
호랑이처럼 무섭고 사나워라
이것이 지혜로운 이의 삶이다.

확신과 힘과 열정을 가진 사람은
진리를 알고 있어서 쉽게 패배하지 않는다

4

나무는 죽지 않는다

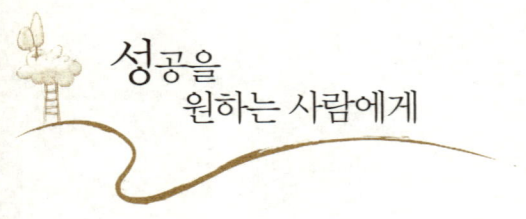

성공을 원하는 사람에게

신중한 사람은 같이 일하는 동료들에게 자신의 불행을 말하지 않는다

신중한 사람은 같이 일하는 동료들에게

자신의 불행을 말하지 않는다

운명이란 원래 가장 아픈 상처만을 건드려 조롱하기

때문이다

동료들의 무관심에 화를 내어서도 안 된다

주변에서는 당신의 불행에 점점 쾌감을 느낄 뿐이다

사람의 마음 속에 있는 악의는

경쟁 상대의 약점을 폭로하고

남의 급소를 찾아내려고 집요하게 매달린다

결국 치명상을 줄 때까지 결코 내버려두는 법이 없다

현명한 사람은

남에게 자신의 불행이나 고충을 털어놓는다든지

동정을 구걸하지 않는다
남몰래 참아내면 언젠가 고통도 사라지고
도움의 손길은 여전히 남아 있게 된다.

– 발타자르 그라시안

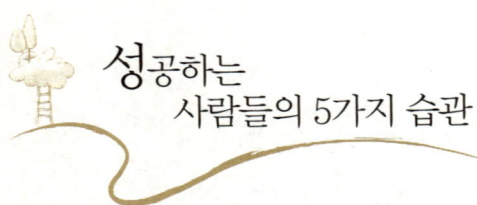

성공하는 사람들의 5가지 습관

고통 당할 때 낙심하거나 누구를 원망하는 사람은 발전이 없다

첫째, 걸음걸이가 빠르다.

걸음걸이가 빠른 것은 성취욕과 부지런함을 보여주는 것이다.

둘째, 앞자리에 앉거나 앞쪽에 선다.

앞자리에 앉는 것은 적극적이고, 진취적이며

뒷자리에 앉는 것은 소극적이고, 방관적이라는 것이다.

셋째, 시선을 집중시킨다.

대화할 때 상대방의 눈을 바라보고

시선을 집중시키는 사람은 자기 분야에 집중력이

강하고 월등하게 앞설 가능성이 있다는 것이다.

넷째, 항상 웃음 띤 얼굴이다.

웃음은 좋은 인간 관계를 맺게 해준다.

다섯째, 모든 일에 긍정적으로 생각하고 표현한다.

고통 당할 때 낙심하거나 누구를 원망하는 사람은

발전이 없다.

- 골드교수 회고록

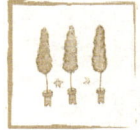

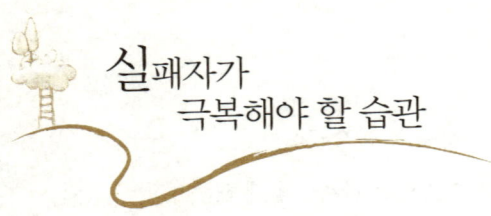

실패자가 극복해야 할 습관

실패자는 타인의 비난이 두려워 앞에 나서지 않는다

실패자는

자신이 무엇을 바라고 있는지도 모르고 설명도 하지

못한다.

오늘 할 일이 무엇이건 내일로 미룬다.

자기 계발이나 업무에 관심을 기울이지 않는다.

자신의 일이 아니면 회피하고 책임전가를 한다.

문제를 해결할 생각은 없고 변명할 생각만 한다.

자기 만족과 도취에 빠져 환상의 나날을 보낸다.

중대한 문제에 직면하여 싸워보지도 않고 타협하는

자세를 취한다.

상대방의 잘못은 지적하면서 자신의 잘못은 인정하

지 않는다.

안일하게 하루하루를 보낸다.

작은 장애물에도 쉽게 포기한다.

계획과 문제분석표를 작성하지 않고 타성에 의존한다.

기발한 아이디어나 기회가 와도 실행하지 않는다.

노력하는 것보다 일확천금을 꿈꾼다.

나은 미래를 위해 투자하기보다는 지금의 생활에 안주한다.

타인의 시선이나 비난이 두려워 앞에 나서지 않는다.

-나폴레옹 힐

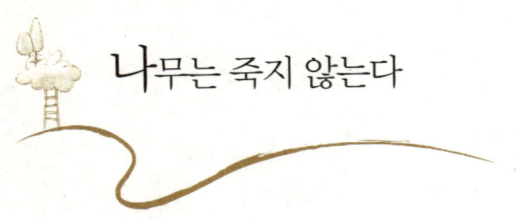

나무는 죽지 않는다

나무는 죽지 않는다　기다리고 있는 것이다

꿈에서 깨어남으로써

지금까지 익숙했던 감정과 기쁨은 변조되고

빛바랜 것이 되었다

정원은 향기가 없었다

숲은 유혹하지 않았고 세상은 내 주위에서

고물상처럼 김빠져 매력이 없었다

책은 종이조각이었고

음악은 소음에 불과했다

가을날 나무 주위에 나뭇잎이 떨어져도

나무는 그것을 느끼지 않는다

나무 위에 비가 내리고

햇빛과 서리가 내린다

그리고 나무 속에서 생명은 서서히
맨 안쪽의 답답한 곳으로 들어가버린다
그러나 나무는 죽지 않는다.
기다리고 있는 것이다.

—헤세

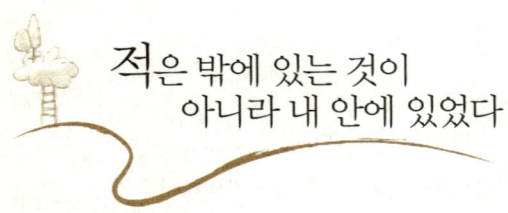

적은 밖에 있는 것이 아니라 내 안에 있었다

너무 막막하다고 그래서 포기해야겠다고 말하지 말라

집안이 나쁘다고 탓하지 말라
나는 아홉 살 때 아버지를 잃고 마을에서 쫓겨났다.

가난하다고 말하지 말라
나는 들쥐를 잡아먹으며 연명했고
목숨을 건 전쟁이 내 직업이고 일이었다.

작은 나라에서 태어났다고 말하지 말라
그림자말고는 친구도 없고 병사로만 10만
백성은 어린애와 노인까지 합쳐 2백만도 되지 않았다.

배운 게 없다고 힘이 없다고 탓하지 말라

나는 내 이름도 쓸 줄 몰랐으나
남의 말에 귀 기울이면서 현명해지는 법을 배웠다.

너무 막막하다고 그래서 포기해야겠다고 말하지 말라
나는 목에 칼을 쓰고도 탈출했고
뺨에 화살을 맞고 죽었다 살아나기도 했다.

적은 밖에 있는 것이 아니라 내 안에 있었다
나는 내게 거추장스러운 것은 모두 없애버렸다
나를 극복하는 그 순간 나는 징기스칸이 되었다.

—징기스칸

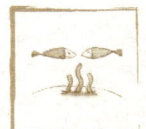

여섯 가지 감옥

내 떡의 소중함도 모르고 남의 떡만 크게 보지 말라

첫째 감옥은 자기 도취의 감옥이다
공주병, 왕자병에 걸리면 정말 못말린다.

둘째 감옥은 비판의 감옥이다
항상 다른 사람의 단점만 보고
비판하기를 좋아한다.

셋째 감옥은 절망의 감옥이다
항상 세상을 부정적으로만 보고
불평하며 절망한다.

넷째 감옥은 과거 지향의 감옥이다

옛날이 좋았다고 하면서 현재를 낭비한다.

다섯째 감옥은 선망의 감옥이다
내 떡의 소중함은 모르고 남의 떡만 크게 본다.

여섯째 감옥은 질투의 감옥이다
남이 잘 되는 것을 보면
괜히 배가 아프고 자꾸 헐뜯고 싶어진다.

사람은 이 여섯 가지 감옥에서 탈출하지 않으면
결코 행복할 수 없다.

성공의 씨앗을 틔우는 지혜

남이 하지 않는 일을 자청해서 하십시오. 설사 그 것이 받아들여지지 않더라도 주변 사람들은 새로운 시각 으로 당신을 바라볼 것입니다.

사회적인 편견들과 싸울 시간이 없습니다. 이런 일을 하려고 여기에 온 건 아닌데…. 하는 회의도 과감히 버리십 시오. 시간이 없습니다.

당신은 인생을 멋지게 살며 사회적으로도 인정받고 싶어 합니다. 그럼, 그렇게 되기 위한 길은 무엇인가를 한번쯤 이라도 생각해 보셨나요?

그렇게 되고 싶을 뿐이지 어떻게 해야 그렇게 되는지는
알지 못합니다.

작은 것들부터 시작하십시오. 작은 것들이 모여 당신을
성공의 길로 이끌 것입니다.

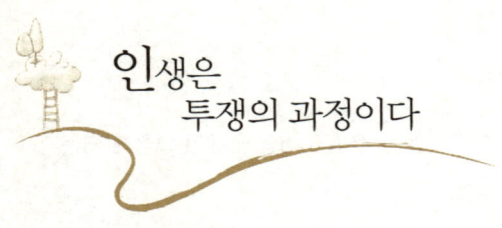

인생은 투쟁의 과정이다

인생에 가치를 부여하는 것은
종국적인 결과가 아니라 투쟁의 과정인 것이다

멀리 보이는 산은 가까이 하기 쉽고

또한 오르기 쉽게 보인다

높은 산은 나를 유혹하나 그것은

가까워짐에 따라 매우 험한 자태를 나타낸다

오르면 오를수록 등반은 힘겨워지고

정상은 구름에 싸여 숨어버린다

그러나 등산은 심신의 단련에 보람있고

독자적으로 기쁨과 만족을 우리에게 준다

무릇 인생에 가치를 부여하는 것은

종국적인 결과가 아니라

투쟁의 과정인 것이다.

−네루

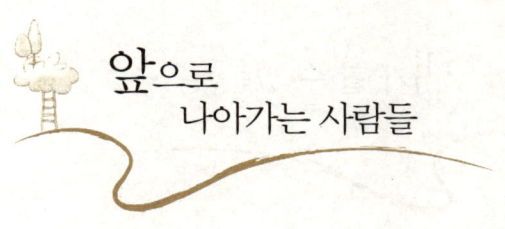

앞으로 나아가는 사람들

확신과 힘과 열정을 가진 사람은 저항하면서 앞으로 나아간다

확신과 힘과 열정을 가진 사람은

진리를 알고 있어서 쉽게 패배하지 않는다

그는 난관에 맞서고

일을 하고

앞으로 나아간다

간단히 말해 그는

저항하면서 앞으로 나아간다.

−빈센트 반 고흐

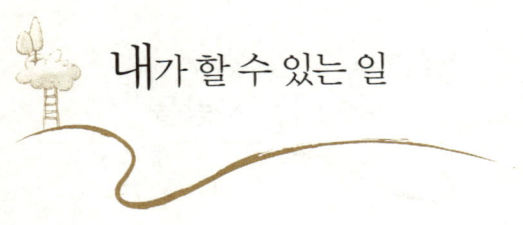

내가 할 수 있는 일

우리 삶의 대부분의 짐들은
하지 못해서가 아니라 하지 않아서 지워진 짐들입니다

내가 할 수 있는 일이라면
늦기전에 하는 것이 좋습니다
도울 수 있을 때는 도와야 합니다
가야할 때는 가고
만나야 할 사람은 만나야 합니다
갚아야 할 것은 갚아야 하고
잊을 건 잊어야 합니다.

우리 삶의 대부분의 짐들은
하지 못해서가 아니라
하지 않아서 지워진 짐들입니다
할 일을 찾기 전에

하지 않은 일들을 생각해내십시오
우리 곁에 있는 사람에게
지금 바로 사랑과 격려의 말을 하십시오
이것이야말로 우리가 하지 않고 있어
우리를 가장 힘들게 하는 일입니다.

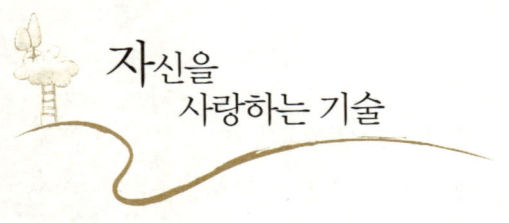

자신을
사랑하는 기술

자신의 시간을 존중하면 자신을 사랑하는 기술도 터득할 수 있다

1. 부정적인 자신의 이미지를 버려라.
자신이 모자란다고 생각하면 꿈꿀 수가 없다.

2. 나는 행복해질 수 있다고 믿어라.
불행하다고 느낀다면 더욱 활발히 행동하라.

3. 고난이 찾아오면 더 최악의 상태를 생각하라.

4. 목표를 세우면 공허감이 사라진다.
작은 목표를 하나씩 이루면서 큰 목표를 향해 나아
가라.

5. 기회가 왔을 때 겁내지 말고 뛰어들어라.

6. 실패에 직면하여 자책감에 사로잡히지 마라.
실패는 누구나하는 것이다.

7. 마음의 감옥을 부수고 평화를 찾아라.

8. 자신의 시간을 보석처럼 아껴라.
자신의 시간을 존중하면 자신을 사랑하는 기술도 터
득할 수 있다.

–맥스웰 말츠

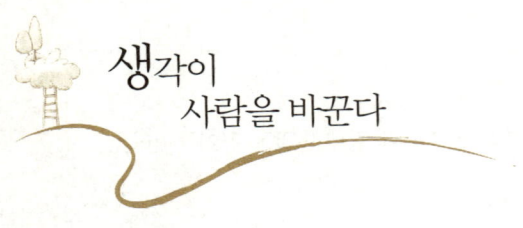

생각이 사람을 바꾼다

사람을 변화시키려면 비록 작고 사소한
일일지라도 격려의 말을 아끼지 말아야 한다

한 사람의 꿈을 이루기 위해서는
많은 조건들이 필요하지만
가장 중요한 것은 한마디의 격려가 아닐까!
어릴 적 부모님의 따스한 한마디로
인생의 좌표를 굳게 설정한 위인들이 얼마나 많은가.

사람을 변화시키려면 비록 작고 사소한
일일지라도 격려의 말을 아끼지 말아야 한다
작은 물결이 모여 큰 물결이 되고
그 힘은 일찍이 꿈꾸지도 못했던
거대한 제방을 허물어뜨린다.

-데일 카네기

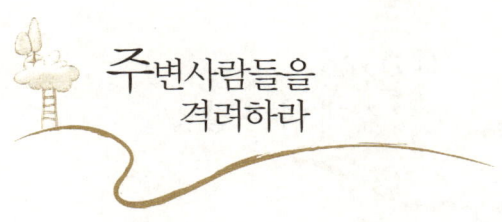

주변사람들을 격려하라

할 수 있는 한, 많은 사람들을 격려하는 데 힘쓰십시오

할 수 있는 한
많은 사람들을 격려하는 데 힘쓰십시오.

당신의 일터에서 만나는 사람들
가정에서 만나는 사람들
당신이 사랑하고
그 안에서 가능성을 발견한 사람들에게
주저하지 말고 다가가서
칭찬의 말로 힘을 줍시다.

그렇게 하면
그들의 새로워진 의욕과 자신감과 사랑이
당신에게로 돌아올 것입니다.

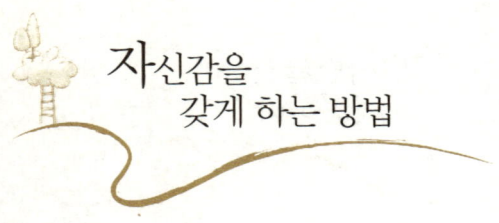

자신감을
갖게 하는 방법

하늘이 나와 같이 있으니
어떤 일도 자신을 굴복시키지 못한다는 사실을 명심하라

1. 마음속으로 자신이 성공하는 모습을 그려보라.
그리고 그 모습이 지워지지 않도록 깊이 새겨두라.

2. 자신의 결심이 약화되거든
이기기 위해 적극적인 생각을 소리내어 말하라.

3. 장애물을 피하지 말라.
문제를 해결하는 데는 항상 어려운 난관이 있게 마련
이다. 그러므로 그 어려운 점이 무엇인가 잘 검토하
여 제거하라.

4. 타인의 위엄에 눌려 그를 모방하지 말라.

어떤 사람이든 자신만큼 그 일을 잘 알지도 잘 처리하
지도 못한다.

5. 자신을 이해해 주는 유능한 조언자를 찾아라.

6. 자신의 실제 능력을 평가한 다음 그보다 더 높이
끌어올려라.

7. 하늘이 나와 같이 있으니 어떤 일도 자신을 굴복시
키지 못한다는 사실을 명심하라. 🌰

-로버트 H. 슐러

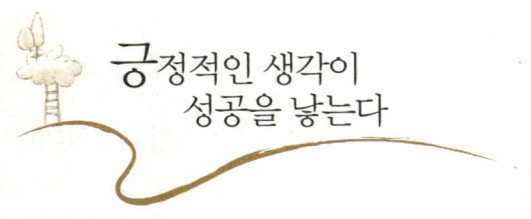

긍정적인 생각이
성공을 낳는다

적극적이고 싶으면 적극적인 것처럼 행동하라

오랫동안 똑같은 생각이나 행동을 반복하면
버릇이 된다. 그래서 자기자극제를 사용할 필요가
있다.
문제가 생기면 그것은 무난히 해결될 것이다
모든 역경 속에는 유익함이 있다
마음에 품고 있는 것은 마음이 성취해준다
실현가능성 있는 아이디어를 찾아라
그 아이디어를 실행하라
적극적이고 싶으면 적극적인 것처럼 행동하라.

충고

너무 강하면 부러질 것이고 너무 약하면 부서질 것이다

너무 똑똑하지도 말고 너무 어리석지도 말라

너무 거만하지도 말고 너무 겸손하지도 말라

너무 떠들지도 말고 너무 침묵하지도 말라

너무 강하지도 말고 너무 약하지도 말라

너무 똑똑하면 사람들이 너무 많은 걸 기대할 것이다

너무 어리석으면 사람들이 속이려 할 것이다

너무 거만하면 까다로운 사람으로 여길 것이고

너무 겸손하면 존중하지 않을 것이다

너무 말이 많으면 말에 무게가 없고

너무 침묵하면 아무도 관심을 갖지 않을 것이다

너무 강하면 부러질 것이고

너무 약하면 부서질 것이다.

─아일랜드 옛시집

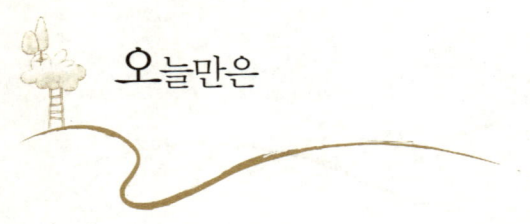

오늘만은

자신을 있는 그대로의 모습으로 이해하고 위로하자

오늘만은 서로를 아끼고

오늘만은 친절하게 베풀고

오늘만은 말을 분별해서 하고

오늘만은 손발에 땀이 촉촉하게

오늘만은 변명하지 않고

오늘만은 너그럽게 들어주고

오늘만은 화를 내지 말고

오늘만은 피곤한 몸도 잊고

오늘만은 상냥한 목소리에

맑은 표정으로 인사하자.

오늘만은 신선같이 고요한 마음으로

누군가를 격려하듯 자신에게 갈채를 보내자

자신에게 가끔 선물을 하자

그리고 자신을 있는 그대로의 모습으로

이해하고 위로하자.

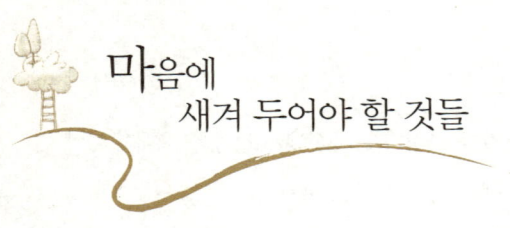

마음에 새겨 두어야 할 것들

세상에서 가장 즐겁고 멋진 일은 일생을 바쳐 할 일이 있다는 것이다

세상에서 가장 즐겁고 멋진 일은

일생을 바쳐 할 일이 있다는 것이다

세상에서 가장 비참한 것은

인간으로서 교양이 없다는 것이다

세상에서 가장 쓸쓸한 것은

할 일이 없다는 것이다

세상에서 가장 추한 것은

타인의 생활을 부러워하는 것이다

세상에서 가장 존귀한 것은

남을 위해 봉사하고 결코 보답을 바라지 않는 것이다

세상에서 가장 아름다운 것은

모든 사물에 애정을 갖는 것이다

세상에서 가장 슬픈 것은
거짓말하는 것이다. 🍃

-후쿠자와 유키치

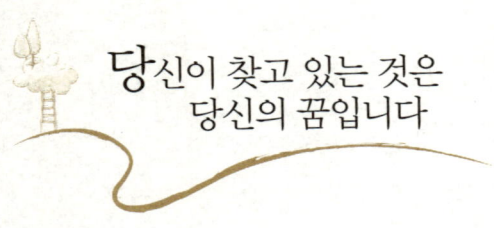

당신이 찾고 있는 것은
당신의 꿈입니다

꿈이란 눈에는 보이지 않습니다 가슴으로 보아야 합니다

인생은 어둠 속에서 열심히 손을 움직여

무언가를 찾는 것과 같습니다

당신이 찾고 있는 것은 당신의 꿈입니다

그러므로 캄캄한 어둠 속에서는

눈으로 보려고 해서는 안 됩니다

오히려 눈을 감아야 합니다

꿈이란 눈에는 보이지 않습니다

가슴으로 보아야 합니다

지금 눈을 감아 보십시오

어렴풋하게나마 당신이 찾고 있는 꿈이

보일 것입니다.

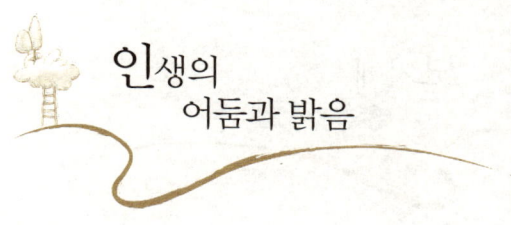

인생의 어둠과 밝음

가장 지혜로운 사람은 자신이 옳다고 생각한 바를 실행하는 사람입니다

가장 무서운 죄는 두려움

가장 좋은 날은 오늘

가장 무서운 사기꾼은 자신을 속이는 사람

가장 큰 실수는 포기해버리는 것

가장 치명적인 타락은 남을 미워하는 마음

가장 어리석은 일은 남의 결점만 찾아내는 것

가장 심각한 파산은 의욕을 상실한 채 헤매는 영혼

가장 아름다운 믿음의 열매는 기쁨과 온유함

가장 나쁜 감정은 질투

그러나

가장 좋은 선물은 용서.

-프랭크 크레인

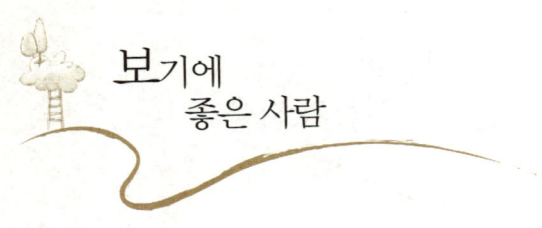

보기에
좋은 사람

항상 얼굴에 웃음짓는 사람이 보기에 좋습니다

의욕적이고 열성적으로 움직이는 사람이

보기에 좋습니다

미리미리 준비하는 사람이 보기에 좋습니다

매일 스스로를 위한 시간을 갖는 사람이

보기에 좋습니다

작은 일에도 최선을 다하는 사람이 보기에 좋습니다

매사에 긍정적으로 말하는 사람이 보기에 좋습니다

시간을 잘 지키는 사람이 보기에 좋습니다

어른들에게는 존대하고 예의를 지키는 사람이

보기에 좋습니다

아무 음식이든지 가리지 않고 감사하며 잘 먹는

사람이 보기에 좋습니다.

단정한 옷차림과 몸가짐을 가진 사람이

보기에 좋습니다

차례를 잘 지키는 사람이 보기에 좋습니다

항상 얼굴에 웃음짓는 사람이 보기에 좋습니다.

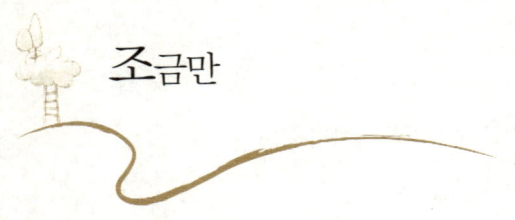

조금만

조금만 더 웃고 조금만 덜 울어라

조금만 더 친절하고

조금만 덜 무뚝뚝하라

조금만 더 여유를 가지고

조금만 덜 욕심을 내라

조금만 더 미소짓고

조금만 덜 찡그려라

조금만 더 관대하고

조금만 덜 고집을 부려라

조금만 더 인정을 베풀고

조금만 덜 괴롭혀라.

　조금만 더 우리를 찾고

조금만 덜 나를 찾아라
조금만 더 웃고
조금만 덜 울어라.

인생길에 조금만 더 꽃을 심고
싸움 끝에 조금만 덜 무덤을 파라.

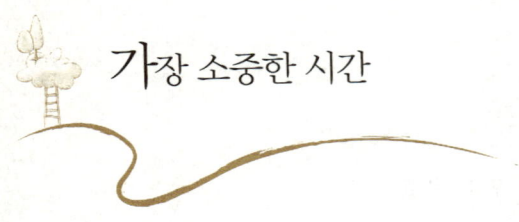

가장 소중한 시간

사랑하고 사랑 받는 시간을 따로 떼어 두십시오

생각하는 시간을 따로 떼어 두십시오

그것은 힘의 원천이기 때문입니다

읽는 시간을 따로 떼어 두십시오

그것은 지혜의 샘이기 때문입니다

사랑하고 사랑 받는 시간을 따로 떼어 두십시오

그것은 신이 부여한 특권이기 때문입니다

웃는 시간을 따로 떼어 두십시오

그것은 영혼의 음악이기 때문입니다

주는 시간을 따로 떼어 두십시오

그것은 이기적이기에는 우리의 하루가 너무 짧기

때문입니다

기도하는 시간을 따로 떼어 두십시오

216 그것은 지상 최대의 힘이기 때문입니다.

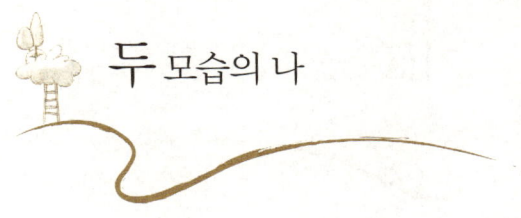

두 모습의 나

나를 해치는 무서운 칼날도 나 자신 속에 있다

세상에서 가장 좋은 벗은 나 자신이며
세상에서 가장 나쁜 벗도 나 자신이다
나를 보호할 수 있는 가장 큰 힘은
나 자신 속에 있으며
나를 해치는 무서운 칼날도 나 자신 속에 있다
이 두 가지의 나 자신 중에
어느 것을 좇느냐에 따라 운명이 결정된다.

-웰만

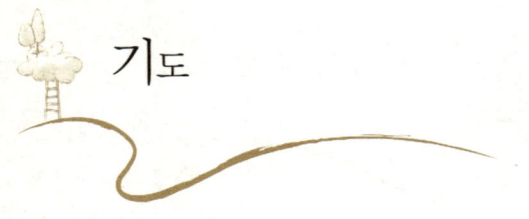

기도

하루에 한 번쯤은 하늘을 쳐다볼 수 있는 마음의 여유를 주시옵소서

매일 아침 기대와 설레임을 안고
하루 일을 시작하게 하여 주옵소서.

항상 미소를 잃지 않고
나로 인해 남들이 얼굴 찡그리지 않게 하여 주옵소서
상사와 선배를 존경하고
동료와 후배를 사랑할 수 있게 하시고
아부와 미움, 교만과 비굴함을
멀리하게 하여 주옵소서.

하루에 한 번쯤은 하늘을 쳐다보고
싱그러운 바다를 상상할 수 있는

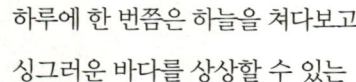

마음의 여유를 주시고
일주일에 몇 시간은 한 권의 책과
친구와 가족과 더불어 보낼 수 있는
오붓한 시간을 갖게 하여 주옵소서
한 가지 이상의 취미를 갖게 하시어
한 달에 하루쯤은 지나온 날들을 반성하고
미래와 인생을 설계할 수 있는 시인이자
철학자가 되게 하여 주옵소서.

작은 일에도 감동할 수 있는 순수함과
큰일에도 두려워하지 않는 대범함을 지니게 하시고
적극적이고 치밀하면서도
다정다감한 사람이 되게 하여 주옵소서
실수를 솔직히 시인할 수 있는 용기와
남의 허물을 끈기 있게 참을 수 있는 인내를
더욱 길러주옵소서.

시련의 날들을 용기있게 극복할 수 있도록 해주시고

남들보다 한 발 앞서감이 영원히 앞서감이 아님을
인식하게 하시고
또한 한 걸음이 뒤쳐짐이 영원히 뒤쳐짐이 아님을
알게 하여 주옵소서
기술에는 과거가 있지만 기술자에게는 과거가 없듯
신들린 무당처럼 열정을 가지고 새로운 일에
도전할 수 있게 하시고
큰소리와 편견으로 아랫사람을 대하지 말고
조화와 부드러움이 더 큰 추진력이 된다는 것을
알게 하소서
매사에 충실하여 무사안일에 빠지지 않게 해주시고
매일 보람과 즐거움으로
충만한 하루를 마감할 수 있게 하여 주옵소서.

그리하여
생을 마감하는 날에
과거는 전부 아름다웠던 것처럼
내가 만나고 헤어지고 혹은 다투고 이야기 나눈

모든 사람들의 얼굴에 살며시 미소짓게
하여 주옵소서.

–어느 직장인의 기도문

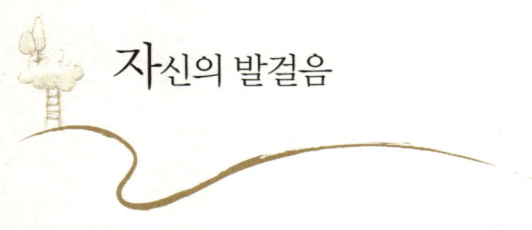

자신의 발걸음

그대를 정상으로 데려다 주는 것은 그대 자신의 발걸음뿐입니다

가만히 앉아 있으면 산에 오를 수 없는 것과 마찬가지로
가만히 있는 사람에게는
보람찬 미래가 오지 않습니다
미래에 이루고 싶은 이상이 있으면
그 이상을 가슴에 품고만 있어서는 안됩니다
도전과 노력으로 그 이상을 향해 나아가야 합니다
그대를 정상으로 데려다 주는 것은
그대 자신의 발걸음뿐입니다.

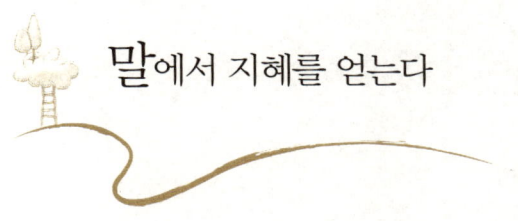

말에서 지혜를 얻는다

말이란 참으로 묘한 것이어서 큰 힘이 되기도 합니다

말이란 참으로 묘한 것이어서
살다 보면 마치 마력을 가진 것처럼
큰 힘이 되기도 합니다
어떤 사람은 남들이 무심코 떠드는 말 중에서
사업 아이디어를 찾아내어 성공하기도 합니다
우리는 사람들이 여러 가지 이야기하는
말속에서 쓸만한 것을 주워서 활용할 필요가 있습니다.

한 권의 책을 읽고 두세 마디의 요긴한 말을 찾아내어
활용하는 사람도 있는 반면에
몇 백권의 책을 읽어도 곧 잊어버리는 사람도 있습니다
치세의 명인은 자신에게 요긴한 말을 주워서
잘 활용하는 사람을 말합니다.